尾張物語

浅川洋
Asakawa Yo

幻冬舎MC

尾張物語

目次

第一章　再会

近江路は歴史の宝庫である。都市化に染まっていないところがあり、歴史ファンにとっては、かつての兵《つわもの》どもの夢の跡を彷彿させる景観や風情だ。琵琶湖周辺には戦国時代の史跡が随所に遺《のこ》り、伊吹山の裾野には北国街道がうねり、湖北には賤《しず》ヶ岳《がたけ》・小谷城《おだにじょう》・姉川《あねがわ》など古戦場が多い。湖東には天下分け目の関ヶ原、そして彦根城の天守閣がそびえている。湖南には安土城址があり、湖西《こせい》の鯖街道《さばかいどう》や坂本も歴史情緒を楽しめる。

茅根《かやね》一夫《かずお》は六十五歳。会社を退職して念願だった歴史探訪の旅に出たいと思い、その手始めに近江路を選んだ。

茅根はまず渡岸寺《どうがんじ》に行ってみようと思った。そこはかつて名古屋の歴史博物館で学芸員をしていた白川律子《しらかわりつこ》の案内で初めて訪れた場所である。二十五年ほど前になるだろうか。

茅根は米原から北陸本線に乗り高月駅で降りると、昼食の煮込みうどんをすすり身体を温めた後、渡岸寺まで歩いた。二月のため道端には残雪が残っていたが、国宝の十一面観音菩薩像に再会できると思うと足取りは軽かった。この一円は織田信長による浅井長政《あざいながまさ》攻めの際、戦火に見舞われ堂宇《どうう》は焼き払われたものの、村人が観音像を土中に埋めて守ったと伝えられている。

茅根は初めて十一面観音像に接した時、その気品のある慈顔、たおやかな肉感に動揺したことを忘れない。仏像というより彫像として見ていた茅根は、その優美さに再び対面できて感無量だった。

高月駅に戻りタクシーで隣町の小谷城前でいったん降ろしてもらった。麓《ふもと》の道は降り積もった雪が厚く固まっていた。本丸や京極丸や山王丸がある曲輪《くるわ》跡には到底登ることはできないが、信長の妹・お市が、夫・浅井長政と暮らした清水谷《きよみずだに》には辿り着けた。そこはすっかり白銀に埋まっていて、武家屋敷跡の場所を示す石柱がわずかに首を出していた。美貌をうたわれたお市と長政は、ここで息子の万福丸と茶々、お初《はつ》、お江《ごう》という三人の娘に恵まれ、仲睦まじく暮らしていたのだ。

越前の朝倉義景《あさくらよしかげ》と同盟関係にあった浅井長政は織田信長が朝倉氏を攻めた際、信長に反旗を翻し元亀元年（一五七〇）六月、姉川の戦いになる。一度は撤退を余儀なくされた信長だが、態勢を立て直し、そこに徳川軍も加わった。それまで横山城を前線基地として攻略を図っていた織田勢は小谷城を目の前に臨む虎御前《とらごぜん》山《やま》まで前進、北国街道を挟んで浅井氏と対峙した。膠着《こうちゃく》状態は三年続いた。浅井側にしてみれば小谷城下を監視下に置かれ身動きが取れない苦しい戦いだった。

年号が天正（一五七三）となった八月、信長は軍勢を大挙して小谷城を囲んだ。小谷勢は総攻撃され長政は自刃した。時にお市は二十七歳、長政との結婚生活は六年ほどに過ぎなかった。

白川の案内でここを訪れた時は出丸から本丸まで登山した。山頂から南方に肥沃な田野が広がり、静かに流れる姉川や琵琶湖に浮かぶ竹生島《ちくぶしま》が望めた。あの当時の白川はお市の気持ちを代弁するかのように説明してくれたものだ。

その晩は大津に泊まった。すでに夜の帳《とばり》が下りていた湖面の景色を眺めると、湖岸の街道に灯る照明の光の帯が点滅していた。「史跡探訪集いの会」の当時のメンバーはどうしているだろうか。自分も高齢になってしまった。ふと、そんなことが過《よぎ》った。すると折も折、白川からメールが入っていた。

一年前の賀状で白川は「東京に行く予定がありますのでお会いできますか」と書いて寄越した。茅根はその前年の暮れから妻が心臓の持病で入退院を繰り返したこともあって、気持ちの上で返信できずじまいだった。そのためか、今年は賀状は来なかった。

ここ数年、茅根は年が明けてから賀状をもらった人にだけ書くようになっていた。その方が先方が認《したた》めた文面に応じて書けるし形式的にならなくてよいと思っていた。しかし白川の賀状が来ないのはやはり不安になっていた。

茅根は一月末、きちんと返事をしなかった後ろめたさもあってケータイから白川律子にメールを送っていた。

するとこの旅行中に白川から返信が来たのだった。茅根は内心動揺した。茅根が近江にいることを告げると、白川は「じゃあ、せっかくだから京都にいらっしゃいませんか。私、冬の三千院に行ってみたいんです。ご一緒していただけますか」と誘った。

茅根が名古屋から東京に異動になってからも、白川との手紙やメールでのやりとりは続いていた。意外と筆まめな白川は上高地の河童橋で娘と並んで撮った写真を送ってきたり、ある時は知人の紹介で交際相手ができたと知らせてきたこともあった。

その時白川は結婚は二度としたくないとも書いていた。茅根は彼女に離婚のトラウマがまだあるのだろうかと思った。茅根はその時白川に、二度と同じ思いはしたくない気持ちはわかるが、好きな人ができたら考えなければいけないよと諭した手紙を書いてやっていた。その後どうなったのか。そんなことがあってから白川からの便りは途絶えがちになったが、それでも、茅根が出張の帰りに名古屋で途中下車して昼食をともにしたことが何度かあった。

翌日には、白川と再会することになっていた。一人旅は今日までだ。茅根は京都駅からタクシーに乗り、観光客のまばらな洛西龍安寺《らくせいりようあんじ》の石庭に向かった。

美しい螺旋《らせん》を描く白砂《はくしや》、思い思いに顔を出す巌《いわお》、素朴な油土塀《あぶらどべい》が簡素な空間を包み込んでいた。茅根は敷居にじっと座り込んでそれらを見つめていた。いつ来てもシンプルな景観に惹き込まれる。枯山水の庭隅には雪解けしていない白い塊が見えた。時折、肌を刺す風が通り抜け、足裏は冷たくなり底冷えを感じた。

茅根はそれでも動かなかった。凍てつく寒気が身体に浸透してくる。宇宙、無限、魂……。様々な雑念が浮かんでは消える。人は生まれ、そして死ぬ。時間だけが変わらずに流れ続ける。自分は何者だったのか。世の喧騒を逃れて身を置き、我を忘れて石庭に眺め入った。欲望も妄想も高慢も忘却し、自分が孤心に還《かえ》っていくのを感じた。

石庭、それは空間の美だ。一種の真空状態に近い。無の静寂の中にどのくらい佇んでいたろうか。ふと我に返り、茅根は龍安寺を後にした。

午後は清水寺まで足を延ばすこととし、五条坂でタクシーを降り三年坂との合流地点にある七味家本舗の前に出た。そこから清水坂を上って間もなく、音羽山を背にした清水寺の仁王門が西日を浴びて雄姿を見せていた。境内に入り三重塔、経堂、田村堂を経て本堂に進み舞台に出ると、正面の谷の向こうに朱色の子安塔《こやすのとう》が見える。右側には冬木立を通して京都の市内が夕映えに染まり、遠くに京都タワーが霞んで見えた。

音羽の滝を見て奥の院まで足を運び、先ほどまで佇んでいた本堂を臨むと、迫《せ》り出した舞台を支える柱の組み合わせが優美な姿で一望できた。

その後ホテルに戻り夕食を簡単に済ませると、明日の白川との再会に心をざわつかせつつやがて寝入った。

翌日九時、白川との待ち合わせの時間が迫っていた。茅根ははやる気持ちを抑えながら、駅構内の人垣を抜けるように足早に歩いた。やや緊張し、落ち着かない気分だった。

白川は茅根を見つけると、改札口を抜け出るやいなや駆け寄ってきた。

「茅根さん、お久しぶりです」

「こちらこそ、ご無沙汰しておりました」

タクシー乗り場まで白川は茅根の腕を取り、茅根の顔を見てはにかんでいた。

タクシーで約束していた大原に向かった。車中、白川は茅根の手を握っていた。

市中を通り抜けると、雪原と化した田圃が見えてきた。点在する家々の屋根に降り積もった雪が冬日を跳ね返している。

「朝早くて、大変だったんではないですか」

「いいえ、茅根さんにお会いできると思うと、時間は関係ないですから」

大原三千院には三十分ほどで着いた。

三千院は洛北大原の里にある。門前の桜の馬場には寺院の高い石垣に沿って雪掻きしてできた小山が連なっており、参道に張り出した樹々の枝には氷雪が付着していた。

御殿門に入る石段は除雪されていたが、二人は一歩ずつ踏みしめながら慎重に上がった。客殿から見える聚碧園《しゅうへきえん》は刈り込まれた低木が白い綿帽子を被っていた。有清園《ゆうせいえん》の積雪はことのほか深かった。宸殿《しんでん》の欄干《らんかん》から見渡す境内は白一色で別世界を思わせる。緑の杉苔は降雪で埋もれ、眺める往生極楽院《おうじょうごくらくいん》の茅葺《かやぶき》屋根には積雪の重層ができており、楓の枝は雪の重みで地にしな垂れていた。あたり一面、深《しん》閑《かん》と静まり返り、杉や檜の立木が寒空に向かって屹立《きつりつ》していた。時折、樹の高みから雪片が飛沫を上げて地に散っていた。

「お庭きれいですね」

「本当に、きれいだ」

二人はしばし見とれた。

「人の気配がしませんね」茅根が言った。

「ほんとですね。私たちだけみたい」白川は微笑んだ。

それから、ゆっくりと往生極楽院に向かった。除雪した渡り廊下はところどころ凍てついていたため、白川は茅根の差し出した手を取った。

往生極楽院の堂内には阿弥陀如来像《あみだにょらいぞう》を中央に左側に勢至《せいし》菩薩坐像、右側に観音《かんぜおん》菩薩坐像の阿弥陀三尊が鎮座していた。

白川は茅根が立ち上がりかけても手を合わせていた。

しばらくして門外に出た。御殿門の石段を二人は手を取り合ってゆっくり降り、土産物屋を兼ねた茶店に入った。

「暖かい」白川は思わず声を上げた。ウェイトレスが微笑していた。

二人とも入り口付近に置いてあるストーブに手のひらを差し出して暖を取った。席に案内されると、白川はチャコールグレーのコートを脱いだ。スカーフを外し、ハイネックセーターとストレッチパンツの装いが現れた。

二人は抹茶と練り切りを注文した。

「身体がやっと温まってきました」白川はそう言って表情をやわらげた。

「雪の三千院。来てよかったじゃない」

「はい。雪化粧した三千院、素敵でした。茅根さんと京都に来たのはこれで二度目ですね」

「白川さんにはたくさんの史跡を案内してもらったけれど、僕が誘ったのは一度だけ」

もうずいぶん前の話なので詳しい経緯は覚えていないが、確か茅根が「史跡探訪集いの会」で世話になっていたからと誘ったのだった。

「嵯峨野をそぞろ歩きしました。大沢池《おおさわのいけ》で寛いでお話ししましたね。忘れられない思い出です」

ウェイトレスが抹茶の入った茶碗をテーブルに置いた。

椿の練り切りを摘まんだあと、二人は同時に茶碗を取り上げ抹茶を飲みほした。

「少し落ち着いたかな」

「そうですね」白川は微笑んだ。

「僕ね、白川さんから返信が来るなんて思っていませんでした」茅根はメールの話を持ち出した。

「私だって、返事が来て会ってくれると知ってちょっと驚きました」

「僕、今年六十五になりました」

「私は還暦を過ぎちゃいました」

顔を見合わせて笑った。

「ところで、お母さんが亡くなって三年経つのかな」

茅根は三千院の往生極楽院で手を合わせていた白川の後ろ姿を思い出し、ふと脳裏をかすめたことを言葉にした。

「はい、あの時はご心配をおかけしました」白川は言った。

白川は母親が亡くなり、茅根に心境を綴った手紙をくれた。白川は学生の時に父親を亡くしており、母一人子一人の家庭だった。苦労をかけた母親の死で悲嘆に暮れた一年だったと書いてあった。

「ところで、旅行中はずっと京都にいらしたんですか」白川が訊いた。

「東京の自宅を出発した日の午後、渡岸寺の十一面観音像に再会してきました。白川さんに案内してもらったのが最初で、また見てみたい衝動にかられていました。それから帰り道に小谷城前でタクシーを待たせたまま降ろしてもらい、麓《ふもと》といっても一面雪景色でしたが、そこを散策してきました。そして昨日は京都龍安寺の石庭に寄ってみました」

「そうですか」

　茅根は好きな歴史探訪の一人旅に出たつもりだった。その興味は二十数年前に出会った白川に負うところが多分にあった。

「白川さんは歴史の研究を続けているんでしょ」

「はい。現役は退きましたので今は自由業として研究を続けています。ガイドはもうしていませんよ。この歳になると体力的にもう無理ですしね」

　白川は表情をやわらげた。

「それに私がしていた頃から比べたら、今は自治体が地元の観光をアピールすることに熱心ですから、歴史ファンにとっては不自由ないと思います」

「専門は『日本中世後期の歴史』でしたよね」

「はい。前にお話ししたかもしれませんが、尾張は三英傑輩出の地。これほど武将たちが覇権に野望を抱いた土地は日本全国どこを探してもありません。歴史は本質的に奥が深く探求心は尽きません。ところで、奥様はお元気にしておられますか。奥様とご一緒にご旅行してさしあげていますか」

「それが……」

茅根は妻が数年来、心臓サルコイドーシスという難病を患っていて、身体を使う運動とか旅行で飛行機に長く乗ることは控えるよう医師に言われている旨を話した。

「そうなんですか。奥様、お可哀そう。お大事にしてあげてくださいね」

白川は表情を曇らせた。白川はその後、自分の身体のことも話し出そうとしたように見えたが口を慎んだ。

「僕は家事の手伝い、料理をやったりスーパーへ買い出しに行ったりしています。今回の一人旅は妻からのプレゼントなのです。自由時間をくれたのです」

「奥様、お優しいですね」

窓の外は陽が差してきて明るくなった。

茅根はコーヒーを飲みほした。

「さて、そろそろ」

「はい」

「今度は僕が行ってみたいところでいいですか」

「はい。どこでしょうか」

「無鄰菴《むりんあん》です」

「冬の無鄰菴。行ってみたいですね」

「その前に昼食にしましょう」

中京区《なかぎょうく》の京寿司店に寄り、冬場のメニュー「蒸し寿司」を頼んだ。温かい酢飯の上に錦糸卵、かんぴょう、エビの具材がちりばめられ、中には穴子が隠れていた。

無鄰菴は明治の元老山縣有朋《やまがたありとも》の別荘で、左京区にある。庭園と母屋、洋館、茶室の建物が配置されていて、レンガ造りの洋館二階の一室では日露戦争開戦前の外交方針について山縣が伊藤博文らと歴史的な「無鄰菴会議」を行った。

庭園カフェで抹茶と干菓子を喫した。東山を借景にした広角な庭園は冬の穏やかな陽が差し、庭石の間を琵琶湖疏水から引き入れた清流が曲がりくねって流れていた。

白川は明日は用事があるということだった。

京都駅に来た二人は、駅構内の喫茶店で新幹線の時間待ちをしながら一休みした。

「茅根さんはこれからどうなさるんですか」

「大阪に住む同期の友人と会います。定年になったら一杯やりたいねと言い合っていたんです」

「長いお付き合いなんですね」

「白川さんと同じです」

白川ははにかんで俯いた。

のぞみがホームに滑り込んできて白川は振り向き言った。

「今日、お会いできて本当にうれしかったです」

白川は先に手を差し出し茅根を見つめた。茅根は胸にこみ上げてくるものを感じた。唇を震わせながら「お元気で」と発した。結んだ手はなかなか緩めることができなかった。

白川は乗車口に駆け込んでいった。ドアが閉まった。白川は動かずに茅根を見据えていた。のぞみが走り出し白川はドアの窓越しに手を小さく振っていた。

翌日は大阪梅田駅で山田と再会した。東京の本社での同僚だった。その後職場をともにすることはなかったが、何故か気が合って交流は続いていた。

山田は茅根を大阪城に案内したいと言ってくれたので、そうしてもらった。城郭の規模は名古屋城に類似していたが、見渡す市街には高層ビルが見えた。昼食後、タクシー代は払うからと茅根から申し出て、本能寺の変後、明智光秀と羽柴秀吉が激戦を交えた山崎合戦古戦場跡を案内してもらった。天王山の坂道を登ると、宝積寺《ほうしゃくじ》から桂川・宇治川・木津川の合流地点が一望できた。狭隘《きょうあい》な地域での合戦の模様が偲ばれた。

夕刻に大阪の街中に戻り、御堂筋にあるレストランで杯を交わした。

茅根が退職して以来の再会だった。話題が盛りだくさんで、家族のこと、同期の仲間のこと、死去した先輩や同僚のこと、会社の現況など会話が弾んだ。互いに治療している持病があったが、それも年相応なんじゃないかと慰め合った。世の中の移り変わりが激しくなじめないことが多くなった。きっと自分の考え方がもう古いんだろうと感じると、山田は何度か口にした。茅根も同感であった。

「目まぐるしく移り替わる時代にあるからこそ、確実に存在した歴史に心惹かれるのかもしれない」茅根は思った。

飲食を始めてから三時間はあっという間に過ぎた。その後は茅根が宿泊するホテルの一階にあるバーで軽く飲んだ。山田はそこで十七年間寝食をともにした愛犬の思い出話をした。

「子供のいない自分には息子のようであった。ワンちゃんって寂しがり屋で家族が傍にいてくれることが何より一番うれしくてたまらないんだよね」

茅根は子供の頃、同じ体験をしていたので、相槌を打ちながら愛犬の話題に花が咲いた。

茅根にとっては、会社を互いに卒業し気兼ねのいらない友人とのひとときは心が休まり、自由の身のありがたさを感じる時間だった。

山田は次は東京での再会を誓って帰っていった。

帰京する翌日の午前中、茅根は途中下車して彦根に降り立った。表門から天秤《てんびん》櫓《やぐら》、彦根城、玄宮園《げんきゅうえん》へ歩を進め、最後に井伊直弼の埋木舎《うもれぎのや》に立ち寄った。直弼は十七歳から三十二歳まで十五年間、この簡素な武家屋敷で部屋住みとして生活をしながらも、茶道・歌道・禅・国学・兵学・武術など文武両道の修行に励んだ。藩主直亮《なおあき》が逝去すると十六代藩主に就任した。ペリーの来航など難題に直面し、その後大老に就任して開国へ舵を切ったことでも知られている。将軍継嗣《けいし》問題で混乱を招き、安政の大獄で批判を浴び、桜田門外で水戸浪士らに暗殺され波乱の生涯を閉じた。その後、我が国は怒涛の勢いで倒幕に走り明治の世が開けることになる。茅根は激動の幕末、会津藩や地元出身の新選組、近藤勇・土方歳三など幕府側として同時代を生きた直弼に共感するところもあった。

一人旅を終えて帰宅してから一カ月経った頃であろうか。白川から便りがあった。その内容は京都で茅根と再会できたことをことのほか喜んでいるものだった。

本当は一晩ご一緒したかったと述べた後、そうできなかった理由として翌日、通院して定期検査を受けた旨が記されていた。その後に記された文面に茅根は衝撃を受けた。六年前、乳がんがわかったと告白していた。入院・手術後、抗がん剤治療を半年続け、その後放射線治療を二カ月、一年にわたる闘病生活の苦しさは思っていた以上にすさまじいもので、髪も抜け、高熱や全身の痛み、副作用に耐えたとも記されていた。そして現在も経過観察のために定期的に通院しているということだった。

京都での逢瀬で茅根が妻の病のことを話した時、自分の身体のことも伝えようとしたが言い出せなかったことを詫びていた。続けて、「これからは身体に気を付けながら、会いたいと思う人に会って、楽しいこともしたいと考えています」とあり、「自分のことばかり書いてしまいましたが、茅根さんも、奥様も、お身体には十分気を付けてお過ごしくださいね」と結んであった。

茅根は茫然とした。冷静さを取り戻した数日後、返事を書いた。文面にこれほど気を遣った覚えは過去になかった。

第二章　分岐点

茅根が五十六歳の時だった。会社の人事部から転籍の話があった。転籍は社外の企業を会社が斡旋する制度だが実質リストラだった。茅根は保険会社の営業マンであったが、現在は内勤部門に配属されていた。茅根は転籍を辞退し、早期退職を希望した。早期退職は退職時に一年分の給与を退職金に上乗せしてくれた。しかし早期退職は、あくまでも具体的な起業計画を持っているとか、身内などが経営する事業の後継者になるとかの理由があった場合に認められていた。

茅根は五十代に入ってから退職後のことを考え出していた。老後の生活資金は年金だけでは十分とは言えないが、できたら何にも縛られずに自由にやりたいと思い、随筆や作文をパソコンに書き留めていた。ことに歴史に興味があり、雑誌などの募集に応募し掲載された時もあった。会社はその点を大目に見てくれ早期退職を認めてくれた。妻の知加子は「あなたは一度決めたら変えないでしょう。あなたが決めたのなら、それでいいんじゃない」と言ってくれた。

退職日付は十二月末だった。その日、社内の挨拶回りを済ませ席に戻ると、職場の同僚から花束の贈呈があった。帰宅して、玄関先でその花束を知加子に渡した。知加子は「長い間ご苦労様でした」とねぎらいの言葉をかけてくれた。

二十四時間が自分のものになった。ついこの間まではスケジュールや目標を立てて実行することが日常茶飯事だった。しかし、自由業になった現在、集中力は散漫になっていた。身体の衰えは明白な事実だった。清く澄んだ渓流にも似た、生き生きとした血液に満たされた肉体は二度と戻らない。

茅根はどういう風の吹き回しか、かつて自分の仕事場だった新宿に足を向けた。オフィス街は昼時ということもあって外食に向かうビジネスマンが数人の塊となって歩いていた。ラーメン屋には行列ができていた。茅根は駅近くの店に入り蕎麦を食べた。頭上を電車が通過するたび轟音を響かせていた。

その後、歌舞伎町界隈を歩いた。夜間、不夜城のごとくネオンが瞬く歓楽街は閑散としていた。路地裏のビデオ、個室、ミュージックなどの店の看板はうす汚く見えた。ラブホテル街の店先の道路にはペール型のプラスチック製のゴミ箱が並べられていた。

林立する高層ビルのガラス窓に陽光が当たって反射していた。新宿中央公園に向かいベンチで休息した。歩き疲れて睡魔に襲われた。気が付いた時は日差しは西に傾きかけていた。

ベンチを立ちかけた時、植え込みの近くで気ぜわしく動く物体に目が留まった。桜の根元を避けるように蟻が隊列を組んでしきりに往来していた。その隊列の途中に仰向けになった蝉の死骸にたかる蟻の一群があった。蝉は飛翔していて突然息絶える。蟻にとって格好の餌食だった。食いちぎられた羽が群がる蟻に引きずられ運ばれていた。

茅根は四十代前半に名古屋に単身赴任した。

転勤は家族重視となる今の時代は嫌われるようだが、それは家族がバラバラになって生活することも多いためだろう。夫婦や家族は帯同することが好ましいことはいつの時代も同じだが、妻が職業に就いている場合や、子供の教育の問題で単身赴任を覚悟しなければならないことも多い。茅根の場合もそうであった。

茅根は単身赴任は初めてだったが、帰京した場合、手当として往復の旅費が月一回に限り支給された。金曜日の夜帰京すれば土、日は家族水入らずの生活ができる。しかし帰京を予定していても、突然接待ゴルフなどが入ってしまうと帰るわけにはいかないことがあった。それでも茅根は働き盛りだったので単身赴任はそれほど苦にはならなかった。

一番気を使ったのは食事だった。結婚してからは今日何を食べようかなどと悩んだことはなかったが、独身時代のように自炊することになり、休日には近くのスーパーに出かけ、まとめ買いをした。晴れの天気予報を当てにして洗濯物を干したまま出勤してしまい、帰宅して雨に濡れた洗濯物を取り込む時には単身の悲哀を味わった。休日、話しかける相手もなく一日無言でいることに耐え難いこともあった。ただし読書には最適だった。仕事は残業が当然、接客で飲酒しなければならないことも多く、なかなかハードな生活であった。

転勤は新しい人間関係作りから始まる。茅根は人付き合いはうまいとは言えなかった。というか、人を惹き寄せる魅力を持ち合わせていないと悩んだこともあった。人との軋轢は仕事をすればそれなりに生ずる。かつての高度成長時代とは違いパイが限られているため、差別化は必要だという。誰もが皆、傷つきやすい環境の中で働いていて、能力主義が浸透してきていた。

五月の大型連休も明けると街には活気が戻ってきていた。アーケードのある商店街をそぞろ歩きする若いカップル、拗ねる子供にてこずる若い母親、茅根と同年代の夫婦連れが目に付き、街中には生活の匂いが漂っていた。パチンコ店、洋菓子店、パン屋、ドラッグストア、喫茶店、書店、ラーメン屋、花屋などが軒を連ね、野菜や果物、食料品、日用品を販売するスーパーマーケットがあった。

茅根は地下鉄通勤だった。仕事が早く退《ひ》けた日には栄の駅で途中下車して路地裏にあるスナック「倉《くら》」に寄り道することもあった。一人住まいのマンション暮らしはやはり侘しく、家路に向かう足はいつも重かったからだ。

その日は女性客が一人しかおらず、カウンターの端寄りにママと向かい合って座っていた。ママは茅根と同年代で、ざっくばらんな人柄で気に入っていた。アルバイトの吉野さんはまだ来ておらず、ママは自分の目の前の席に来るよう茅根を手招きした。

茅根はカウンターの女性客に「すみません」と声をかけて隣に腰かけた。

「どうぞ」女性は茅根に向かって軽く会釈した。

ママは茅根がキープしていたウイスキーのボトルで水割りを作った。突き出しに甘味噌が盛られた胡麻豆腐の小鉢を添えた。ママはお互いを紹介してくれた。女性は白川律子といって、ママにとって姉妹のような関係だとのこと。

「そうですよね。律子さん」

「そうですね。ママとは気が合うんです」と白川はにっこりして答えた。

白川はナイーブでクールな感じがあり、ビジネスウーマンといった風情には見えなかった。ママと白川はプロ野球の中日ドラゴンズの昨夜の試合について話が弾んでいた。あそこでヒットが出れば逆転できたのにとか、抑えの投手が誤算だったわねとか、結構興奮して話し込んでいた。試合結果は負けで、今年も優勝は無理ねなんて厳しい言い方もしていた。そのうち「茅根さんはどこのチームのファンですか。東京の人だからジャイアンツファンね」なんてママが言う。「いや、僕はドラゴンズファンですよ」「嘘でしょ」なんて白川は言う。茅根は地元出身の職員と雑談した時など自分は昔からドラゴンズファンだと言っても信じてもらえないとこぼしたりした。三人で他愛もない話をいくつかして親しみが生まれた。話が一区切りしたところで、茅根は白川と名刺の交換を申し出た。茅根が受け取った白川の名刺の肩書きには「歴史博物館　学芸員」とあった。

茅根は名刺を見てある記憶が蘇った。「郷土の歴史案内」の執筆者名だった。茅根は市の広報誌に毎号掲載されるその記事を、地元の歴史を知る意味でも毎号愛読していた。それを白川に言うと彼女は顔をほころばせた。記事の欄外には「史跡探訪集いの会」を開講する募集案内が記されていた。茅根がそのことを話すと、「入会大歓迎ですよ、今度ぜひ歴史博物館を訪ねてください」と誘われた。場所はここから歩いて三十分かからないという。

博物館では尾張の歴史の常設展はもとより特別展などのイベントも開催しており、学芸員の研究をはじめ資料の調査・収集・保管には定評があった。由緒ある旧家の蔵から出てきた古文書の解読依頼は論文発表の機縁にもなっているほか、その他郷土史家によるセミナーも行っていたし、地元の新聞社が主催する郷土史のシンポジウムの計画にも参画していた。

白川は学芸員としての研究をする傍ら、博物館の市民教室で『尾張国風土記』や『信長公記《しんちょうこうき》』などの古文書や史料の講習会を定期的に担当していた。さらに博物館の課外授業にも参加していた。いわゆるカルチャーセンターとしての出張講義はその一つで、中でも館外講習として行う城郭や古戦場跡のガイドは人気が高かった。史跡探訪は日帰りコースで設定されており、参加者は毎回定員十五名ほどに絞っていた。プロの学芸員が説明してくれる史跡探訪は天候にかかわらず参加者が絶えなかった。

翌月、茅根は歴史博物館を訪問した。白川はちょうど担当の講習会が終わったところで、退席する受講生で出口付近はざわついていた。白川は尾張の歴史に関する常設展示場を茅根と回り説明してくれた。一時間ほど観覧して、その日は「史跡探訪集いの会」の入会の申し込みを済ませて歴史博物館を後にした。

茅根の郷里は八王子市である。八王子には戦国時代、小田原の北条氏が支城《しじょう》を設けていた。隣国甲斐は武田氏の支配領域であり、八王子城は北条氏にとって防衛上重要な拠点だった。その武田家は信玄没後、武田勝頼《かつより》が三河に侵攻、信長・家康連合軍を相手に長篠合戦に臨んだが敗退した。武田家はその後、凋落《ちょうらく》の一途を辿り、信長の甲州征伐によって滅亡した。

武田の敗残兵の中には織田の残党狩りを逃れ、武蔵国《むさしのくに》八王子に落ち延びた者が多くいた。その中には武田信玄の娘・松姫もおり、逃亡する時に四人の子供たちを託されていた。

松姫をはじめ武田の旧臣は八王子城主、北条氏照の庇護を受けることができた。その後、北条家は豊臣秀吉が発した「惣無事令《そうぶじれい》」に反する名胡桃城《なぐるみじょう》事件を起こし秀吉の怒りを買った。これは北条氏が真田氏所領の名胡桃城を奪う事件であり、この事件を契機に秀吉から小田原征伐を布告され降伏した。小田原開城後、北条家四代当主・氏政、八王子城主・氏照は自害を命ぜられた。八王子城はその後、廃城となった。

徳川家康の治下に入り、家康は武田の遺臣を武士団にまとめる役を、武田家に縁を持つ大久保長安に命じた。武田の旧臣たちを松姫の住む周辺に住まわせ千人同心と言われる組織に育てた。松姫は千人同心に守られながら家康の保護を受けて姫君たちを養育し成人させた。

そうした背景があり、茅根は赴任した時から尾張の歴史に興味を抱いていた。白川と知り合ったのをきっかけに「史跡探訪集いの会」に入会したのも、何よりもまず武田家にゆかりのある長篠合戦の跡地に行ってみたかったからだ。

茅根が歴史博物館の訪問時にそのことを白川に話すと、たまたま次回は長篠合戦の跡地の見学ということであった。茅根は小躍りした。

白川は長篠合戦の設楽原が史跡探訪の中で関ヶ原の史跡探訪に次いで人気があ

る理由を説明した。

「戦国時代も佳境に入り関東・越後・東海では、東海には相模・駿河も入れてですけれど、織田信長、徳川家康の新興勢力が台頭してきました。それまで名を轟かせた武田信玄、上杉謙信、北条氏康などの武将たちは年齢的に見ても旧勢力になっていきます。長篠合戦は新旧世代の最初の鍔迫《つばぜ》り合いでした。尾張・三河ではこれ以降、三傑の躍進が始まるわけです。関心度が高いんですよ」茅根は白川の説明に納得した。

見学当日の参集場所は、毎回名古屋駅構内にある時計台と決まっていた。当日の朝、茅根が到着すると、白川は「史跡探訪集ぃの会」と書かれた小旗を持って立っていた。ストレッチパンツにジャケット、歩きやすそうなシューズを履いた軽快な出で立ちだった。白川のそばにはアシスタントとして参加する博物館の職員・井上さんがいた。参加者はすでに数人寄り集まっていたが、若者の姿はなく、中年過ぎの歴史ファンばかりだ。背中にリュックを背負った年配の女性もいた。茅根が白川に近づき朝の挨拶をすると、白川は喜びの表情をしてくれた。参集時間の九時になった時には参加者十三人全員が勢揃いした。

名鉄線の豊橋駅で飯田線に乗り換え、新城経由で長篠城駅に着いた。二時間弱かかった。

長篠城駅から現地までは徒歩であった。長篠城は背後に豊川の上流、寒狭川《かんさがわ》と大野川とが合流する地点にあり、断崖になっていた。現在も地形的には変わらないが水深は浅かった。長篠城内は緑に囲まれ、城郭のイメージはすでになかった。内堀や土塁の跡が残り、本丸跡を示す石碑が立っていた。内陸側に馬出し（城の出入口）があった。白川が向こうに見える峠が鳶ヶ巣山《とびがすやま》と説明した。設楽原まで距離があるようであった。バスを利用して二十分程度で着いた。

昔日の合戦時に武田軍は城を見下ろす医王寺《いおうじ》山に本陣を置き城を包囲した。長篠城主が籠城して織田・徳川に援軍を仰いだところ、両軍は救援に駆け付け設楽《したら》原《はら》に軍陣を張った。極楽寺山には信長、新御堂山には信忠が陣を構え、家康は高松山（現在は弾正山）に陣を構えた。

天正三年（一五七五）五月二十一日、武田軍と織田・徳川連合軍の戦いは朝六時から始まり白兵戦は八時間にわたった。設楽原を横切る連吾川《れんごがわ》の岸には二重・三重の馬防柵《ばぼうさく》が設けられていた。武田軍は連吾川の東側台地に陣地を築き織田・徳川連合軍と攻防を展開した。連合軍の鉄砲衆部隊に対し、武田軍の鉄砲隊は肉薄し善戦した。しかし精強を誇った武田騎馬隊は馬防柵に前進を阻まれた。

メンバーは白川とアシスタントの井上さんの後を歩いた。馬防柵が見えてきた。井上さんが先生の説明がありますと告げると歩くのを止め、白川の周りを取り巻くようにした。メンバーは参集した時に配られた資料に目を通しながら白川の説明に耳を傾けた。無駄口を叩いている者はなかった。白川は表情をあまり変えず、背筋をぴんと伸ばしている。茅根は彼女の説明に真剣に耳を傾けていた。白川の説明は聞き手に物知り顔に吹き込むような喋り方では微塵もなかった。教室で話すように冷静で、歴史上の登場人物を称えたり、同情したり、悲しんだりすることは一切なく、きりっと結んだ唇を開きメンバーを見回しながら説明していた。茅根は耳をすまして一心に聞きながら、しだいに磁石のように白川に惹きつけられるのを感じた。途中でアシスタントの井上さんが折りたたんでいた拡大地図を広げて、一方をどなたかに持ってもらえますかと依頼した。茅根は自分から申し出て地図の端を持った。白川は広げられた地図の上から、現在地の馬防柵の位置を示し、織田・徳川陣地、武田勝頼の陣地、連吾川がある一帯を野戦が行われた「設楽原」であると説明した。設楽原の地名は江戸時代に付けられた名称で、当時はこの一帯は有海原《あるみはら》台地と呼ばれていた。そして長篠城から有海原台地へと登る小呂道《ころみち》(信長公記ではころみつ坂)が東西に貫かれ布陣地まで続いていたという。

参加者の皆が、目を凝らして地図に見入っていた。それぞれ個人的な歴史観を持って想像を逞しくしていたに違いない。

歴史小説から歴史ファンになった者は多い。茅根もその一人だった。茅根と同年代の者には国民的な人気作家、司馬遼太郎の作品に影響を受けた者が多い。司馬は戦国ものや幕末ものや明治の近代国家形成期に尽力した人物像を描き、歴史に対する見方に斬新な息吹を吹き込んでくれた。『街道をゆく』などの書籍では個性豊かな歴史観、いわゆる司馬史観を披露してくれた。読者の歴史に対するロマンを刺激し、その語り口は歴史ファンを魅了した。長篠合戦については、小説『国盗り物語』において鉄砲による交代射撃を信長の新戦略として高く評価している。

参加者は皆、現地の地形に目を見張った。丘陵と低地が続く台地で土地の高低差がよくわかる。合戦当時、台地の間には豊川に流れ込む川がいくつかあり、豊川に近づくと深い谷ができていた。今でこそ一帯は田野で見晴らしのきく空間を形成しているが、当時は起伏が多く周りを山に挟まれた狭い場所だった。しかも低地を流れる連吾川の岸辺は、当時は湿地帯だったという白川の説明もあった。配られた資料には『甲陽軍鑑』の引用文があり、この戦場は馬を十騎並べて乗るところではなかったと記されていた。また、『信長公記』では「節所」という言葉が語られているとあった。茅根の頭の中には「長篠合戦図屏風」が浮かび、武田騎馬隊が勇壮に攻める構図を想像した。田圃の畦道に沿って歩き戦場跡を眺めていると、馬蹄《ばてい》の響き、馬の嘶《いなな》き、兵士の喊声《かんせい》、銃声が聞こえるような錯覚を覚えた。

信長は長篠城支援に向かうにあたって、鉄砲・火薬・柵を作るための木材、縄の周到な準備を部下に命じ、陣地構築をしていた。家康に対しては兵糧を事前に送っている。一方武田側は、出撃を前に軍議を開いた。信玄時代の重鎮たちは撤退を進言したと言われている。勝頼は宿老の諫言《かんげん》を斥《しりぞ》け決戦を選択した。

信長は本願寺攻めに取りかかっている時期で、徳川側からの援軍要請を受け入れる余裕はなかった。家康は信長の援軍がなければ武田氏と和を結び、勝頼と協力して尾張へ打って出ることまで考えていたことが『甲陽軍艦』にあると白川の資料にはあった。つまり徳川家中で武田氏と手を結ぶ選択肢もあった模様で、それは同時に信長と家康の同盟の危機でもあった。信長は三河が滅びれば尾張も危ないという危機感を抱き、それで一転して出陣することにしたことがわかる。それほど武田勝頼を恐れていたし、長篠合戦で決して勝頼に勝機がなかったわけではないことを窺わせた。

武田勝頼の敗因は、五月一日から長篠城包囲を続けて、信長と家康の布陣した情報をつかんでいたにもかかわらず、その後動きがないのを見て相手側は手立てがないのだと錯覚したことであった。長篠城の包囲兵を手薄にして兵の大半を設楽原まで進めてしまったのである。

武田軍は長篠城の包囲を付城《つけじろ》の鳶ヶ巣山砦に拠っていた。そこへ本戦に入る前の五月二十一日早朝に信長・徳川方が鳶ヶ巣山砦へ奇襲攻撃することなど武田側は想像もしていなかった。この戦術は徳川側の酒井忠次《さかいただつぐ》による献策とされている。信長は当初、鳶ヶ巣を取っても益はないと反対したとされているが、それはこの献策の情報漏洩を恐れてのことであった。そのことは逆に信長がこの奇策を評価していたことを窺わせる。信長は酒井忠次の献策を採用し、別動隊を編成して鳶ヶ巣山砦の奇襲を命じた。武田側にとっては不意を突かれた格好になり、長篠城の包囲網は崩れてしまった。そのため背後に敵兵を持つことになった設楽原の武田軍は、前後を挟まれ劣勢になった。

信長は二年前の天正元年（一五七三）、室町幕府の再興を企てる足利義昭を追放し、義昭と反信長包囲網を築く朝倉・浅井を攻め滅ぼした。信長の最大の課題は将軍不在の畿内を安定させるための、本願寺門徒の掃討《そうとう》だった。しかし信玄の後を継いだ武田勝頼の軍勢が信長の領国、東美濃に侵入した。また徳川の領国は依然として武田側からの強い圧迫を受けていた。

本願寺を攻めるための信長の河内・摂津出陣計画は武田側に漏れていた。勝頼はこの機を逃さず三河への侵入を開始した。しかし敗戦となった。

白川の説明では、武田軍は敗れはしたが織田・徳川連合軍の一方的な戦局ではなかった。ただ、兵力数や鉄砲の弾数に武田軍は劣っていたということであった。そして長篠合戦の開戦理由に鉄砲の弾に必要な鉛を産出する鉱山が長篠にあり、軍事物資を押さえる目的があったという説明があった。これは茅根には腑に落ちるものがあった。

武田の総大将勝頼は午後二時頃退却を決断、織田・徳川の追撃の中、わずかに二人の武将を連れて戦場を離脱、信濃を経由して敗走した。勝頼の退却の殿《しんがり》を務めた馬場信春《ばばのぶはる》は勝頼が撤退したことを見届けて戦死したという。

それにしても武田勝頼は敗者となりながらも躑躅ヶ崎館《つつじがさきやかた》にまでよく敗走できたものだと茅根は感心した。家康が三方原で信玄に散々な目にあい、浜松城に逃げ帰ったことは有名な話である。信長が浅井・朝倉の挟み撃ちにあって鯖街道を京都まで逃げ延び九死に一生を得たことも知られている。これらのケースは武将たる者生きてさえいれば、たとえ一時は敗走しても軍の立て直しはいくらでもできることを示している。武田勝頼も必死に逃げ延びたのに相違ない。

躑躅ヶ崎館で留守を守っていた信玄の娘の松姫、菊姫は、敗走してきた勝頼に接し戦いの詳細を知った時、どんなにか動揺したことだろう。そこには亡き父・信玄がやり残した徳川領国を制圧するために出陣した時の勝頼の雄々しき姿はなかった。前年に家康に奪取された高天神城《たかてんじんじょう》を取り返して帰還した時の戦勝気運はどこへ行ったのか。二人は手を取り合って武田家の前途に不安を感じたに違いない。松姫は、敵方であるとはいえ、婚約破棄後も便りをくれる信忠の身をも案じたことだろう。

第三章　女友達

茅根は新幹線のホームで娘の絵里を迎えた。

絵里は到着した車窓から茅根を見つけ手を振っていた。

絵里は降車するなり言った。

「お父さん、元気そうじゃない」

「お父さんは元気だよ。絵里に会えたからな」茅根は笑顔で答えた。

「よかった」絵里は表情を崩していた。

「どこへ連れていってくれるの」

「地元の方に相談したら博物館明治村がいいんじゃないと言うから、そうしようと思っているけれどいいかな」

「うれしい。私初めてだし」

絵里は今年、中学生になっており、夏休みを利用して一人で遊びに来たのだ。絵里が名古屋に一人で行きたいと言い出した時、妻は心配し茅根に電話で相談してきた。茅根は「新幹線に乗るところまで一緒に行ってやればいいんじゃない。こっちは僕がホームで迎えるから」と言って話がまとまっていた。

名鉄バスセンターから明治村行き高速バスを使うと、一時間ちょっとで到着する。

バスの中で絵里と久しぶりに会話した。

「お父さん、一人の生活慣れた？」

「初めの頃は仕事も大変だったから、気分的に疲れたこともあったよ。でも、だんだん楽しくなってきたよ。お父さんは昔から歴史が好きだから、地元の人と話して、いろんなことを教えてもらってるよ。どこへ行けばいいかとか勧めたりしてくれる。歴史博物館に『史跡探訪集いの会』というのがあって、その会に入会したんだ」

「そうなの。よかったじゃない」

「お母さんは元気か」

「お母さんは仕事が忙しそう。でもお父さんのこと、私のことより心配しているみたい」

「そうか」

茅根はしばらく絵里に接していなかったが、大人びてきているのを感じた。思春期の娘の成長に目を見張った。

「お父さん、お母さんと離れ離れで寂しくない？　ホームシックとかなってない？」

「そりゃ、寂しいよ。絵里の顔も見たいしね」

「ほんと」

「本当さ」

そんなたわいもない会話をしているうちに明治村に十一時過ぎに到着した。

茅根は入場する門前で絵里の写真を撮った。

「博物館明治村の正門は旧制第八高等学校、新制名古屋大学教養学部の正門だったそうだ」

「さすが詳しいんだね」

「さー、どこから見て回るかな。ここは五つのエリアに分かれていて、一丁目から五丁目の住居表示になっている。どれもこれも丁寧に見て回ると一日じゃ見学できないし疲れるよ。二時間から三時間がいいところかな」

「お任せしまーす」

「そうか。じゃ、お父さんが見せたいところでいいかな。途中行きたいところがあったら言いなさい」

絵里は案内マップを見ながらどこにするか決めかねていた。

昼食には少し早かったが、展示建築物の大井牛肉店を見たついでに牛鍋を食べた。大井牛肉店は神戸の元町にあった建物で、居留地に住む外国人相手の牛肉屋兼牛鍋屋だった。絵里は「おいしい」と言って満足そうであった。

食後、早速見学を始めた。

一丁目では文明開化を思わせる明治初期の洋館建築・西郷従道《さいごうつぐみち》邸を見て森鷗外・夏目漱石住宅を見学した。森鷗外が借家して一年余り過ごし、その後漱石が三年余り住み『吾輩は猫である』『坊ちゃん』『草枕』などを執筆したと言われている。東京汐留《しおどめ》にあった鉄道局新橋工場内には豪華な御料車《ごりょうしゃ》が配置されていた。

二丁目はレンガ通りに沿って歩いた。赤レンガの建造物が並んでいた。

三丁目は入鹿池《いるかいけ》に面して西園寺公望《さいおんじきんもち》別邸・坐漁荘《ざぎょそう》、京風の数寄屋造りだった。現存する最古の洋式灯台と言われる品川燈台、さらに北里研究所本館を見て回ったが、ドイツ・バロック風の木造二階建てで清楚な感じの建物だった。

四丁目は明治の近代化した姿を感じさせる建造物が並んでいた。日本赤十字社中央病院病棟、ブラジル移民住宅、鉄道寮新橋工場・機械館。大阪の池田市にあった呉服座も興味をそそった。

五丁目には京都にあった聖ザビエル天主堂が移築されていた。ステンドグラスが美しい白亜の教会だった。菊の世酒造は大きな酒蔵の建築物で酒造りの道具が展示されていた。また帝国ホテル中央玄関は二十世紀建築界の巨匠として名高いフランク・ロイド・ライトが設計しており、堂々とした大谷石に風格を感じた。

「速足で見て回ったから疲れたろう。ここで喫茶タイムとしようか」

「うれしい」

帝国ホテル中央玄関にある喫茶室で一休みした。

「博物館明治村はどうだった」

「よくこれだけ集めたのね。社会科の授業で習ったけれども、鎖国をしていた江戸時代が終わってから、明治時代の人が西欧の文化を取り入れるのにどれほど熱を入れていたかわかったわ」

「日本が文明開化して西欧に追いつこうとした明治人の意気というか気概が、建築物に反映されている貴重な博物館だよね。お父さんはそう思っている」

「〝百聞は一見に如かず〟。明治村は特にね」

「絵里は難しい言葉を知っているね」

「国語の授業で教わったよ」

絵里は満足気だった。

茅根は絵里に犬山城も見せたかった。

「これから犬山城を見に行こう。いいかい、お父さんは絵里にぜひ見せたいと思っている景色があるんだ。まだ閉館までには時間がある」

すでに三時半を回っていたが、タクシーに乗ると二十分ほどで着いた。

犬山城は江戸時代から現存する国宝。急な階段を上がり天守閣に着いた。

ちょうど夕日が沈む時間帯だった。木曽川の水量は満々としていた。

「うわあ、きれい」眼下の木曽川は夕映えで輝いていた。

「素敵だろう。あそこに見えるのは伊木山城《いぎやまじょう》っていう山城《やまじろ》だ。遠くにかすんで見える山並みは岐阜県のものだよ。こうして犬山城から濃尾平野を眺めると田園風景が広がっている。歴史情緒を味わうのにこんなにいい景色はないよ」

「お父さんらしいな。歴史が好きだものね」

茅根は絵里の言葉が素直にうれしかった。

その日は絵里と名古屋駅近くのホテルに泊まった。

翌日午前中、絵里を名古屋城に連れていった。絵里は威風堂々とした城郭に驚きを示し、青銅色の屋根と白壁のコントラストに映える天守閣に感嘆していた。その後、茅根のマンションに寄った。昼食は栄にある老舗のうなぎ屋で名物の櫃《ひつ》まぶしをご馳走した。

絵里は夕刻の混雑していない時間帯に新幹線に乗車して帰京した。乗り込む手前で、絵里は「お父さん、身体に気を付けて」と言葉をかけてきた。茅根は絵里の思いやりに微笑して見送った。

日曜日、茅根は久しぶりに栄の街に出た。行きつけの理髪店に行った後、本屋に立ち寄り好きな歴史小説や新書を買い込んだ。デパートの地下にある食品売り場でたまには上等な惣菜を買い求めようとエレベーターを待っていると、別のエレベーターの列に並ぶ女性が目に付いた。白川律子だった。彼女も茅根の視線に気が付いた様子だった。

「こんなところでお会いして」茅根は声をかけた。

「ほんとですね。茅根さんはお買い物ですか」白川は「史跡探訪集いの会」の時とは違いリラックスした表情をしていた。

「よかったら、コーヒーでも飲みませんか。それとも何かご用事がありますか」

茅根から誘った。

「もう用事は済ませました」

学芸員の研究テーマのレポート提出の締め切り日が迫っていて、休日出勤したとのことであった。

「お誘いして悪かったかな」茅根は謝るように言った。

「いいえ、夕食の買い物をして時間があったので、婦人服売り場に寄ってから帰ろうかと思っていたんです」

そんなことを話しながら二人はデパート内の喫茶室に入った。

「茅根さんの奥様は、お仕事をされているんですか」

白川は茅根が単身赴任であることを知っていた。きっと「倉」のママから聞いたのだろうと茅根は思った。

「はい」と答えたが、白川はそれ以上は聞いてこなかった。

「お子様は」

「娘が一人います」

「じゃあ、私と同じですわ」

その後、とりとめもない会話を続けた。白川は四日市に住み、娘と母親の三人家族だとのことだった。

茅根は買い物のことも忘れて話し込んだ。

「今日はお疲れのところ、引き留めてすみません」

「いいえ、楽しかったです。今度、ゆっくりお話ししたいですね。よろしかったら、四日市まで遊びに来てください。近くに松阪という歴史のある街もあります。いらっしゃったことはないでしょう?」

「はい」

「ご案内しますわ」

別れ際に白川は、そう言った。

その後、茅根は地下の食料品売り場に寄り、晩ご飯は中華にしようと決め、酢豚・八宝菜・エビチリ・春巻の惣菜を買った。白川に会えたことが茅根の心を浮き立たせていた。

翌週の土曜日、茅根は四日市に出かけた。その朝はやや睡眠不足だった。前日は月末の締切日で残業になり、職員を連れて慰労会をして帰りが深夜になったのだ。

白川と松阪駅で待ち合わせて松坂城跡に行った。城は初代藩主・蒲生氏郷《がもううじさと》が築城した平山城《ひらやまじろ》で石垣や御城番屋敷跡が遺っていた。ただ今回はそれが目当てではなく、本居宣長の旧宅が移築されているというので白川に案内してもらったのだ。本居宣長は江戸時代の国学者であり、町医者として亡くなるまで、この家で六十年間暮らしていた。二階の書斎は部屋に鈴がかけてあったことから鈴屋《すずのや》と名付けられていた。そうしたことを白川から聞いた後、宣長の記念館に入り見学した。

「本居宣長って話には聞いていましたけれど、偉い人だね」

記念館を出て歩きながら茅根は白川に話しかけた。

「『古事記』の注釈書として『古事記伝』という書物を著した。古事記伝に三十五年の歳月を費やした情熱ってすごいですよね」

「本当ですね。門人に『源氏物語』の講義をして〝もののあわれ〟を教えたということも感動しました」

「そうですね。〝あわれ〟は平安時代の文学作品を評する時によく使われる言葉ですが、それがどういうものか、私たち日本人の中にどのように流れているか、じっくり考えた人ですね。話は違いますけれど、松阪って映画監督の小津安二郎が青春時代に十年ほど住んだ街なんですよ。本居宣長の旧居が移築される前の場所で遊んだらしいですよ」白川は茅根の顔を覗くようにして言った。

「それは知らなかったな。あの『東京物語』の小津安二郎がね」

「生まれは東京の深川なんですって。松阪はお父さんの故郷で戻られたらしいですよ」

「小津安二郎の映画って、確かに松阪の街の雰囲気があるような気にもなってきましたね」

　二人は顔を見合わせて笑った。

「どこかお茶でもできるところを探しましょう」白川は言った。

　松阪市内に戻ってホテル内の喫茶室に入った。

「白川さん、訊きづらいことだけれど、先日、お嬢さんとお母さんと暮らしているって仰っていましたよね。ご主人はどうかされたんですか」

　茅根は訊いてはいけないと思いつつ踏み込んでしまった。

「私、シングルマザーなんです」

　白川は平然と答えながらも、口元ははにかんでいた。

「悪かったかな。訊いて」

「いえ、構いません」

　茅根の親類にも二組くらい離婚した夫婦があったし、離婚率は増加していると新聞記事で読んだことがあった。一方、生涯未婚率が上昇し将来、少子化が社会問題化する懸念が指摘されていた。また、熟年離婚も増えていると聞いている。

茅根自身はどうだろうか、熟年離婚を希望しているわけではないが、もしも妻が自分と一緒にならなかったら今より幸せになれたのではないだろうかと考えたこともあった。

白川は自分から夫に離婚を申し出たと話した。

「夫は大学のテニスクラブの一年先輩でした。卒業とほぼ同時に、関係を継続できるか解消するか一年間様子を見ることを条件に同棲しました。結局、翌年結婚しました。夫は真面目で優しい人でしたし、週末にはテニスで汗を流したりして生活は充実していました。そのうち妊娠し娘が生まれ、同僚からは幸せそうで羨ましがられました。産休を経て職場に復帰しましたが、育児と仕事の両立が軌道に乗り始めた頃だったと思います。結婚生活も三年目に入り、私は単調な生活に物足りないものを感じていました。夫はスポーツマンで、テニスだけでなくゴルフも始めて休日を留守にすることもありました。自分たちの生活に対して転機みたいな気分がありました」

茅根には、白川が幸せな結婚生活のスタートを切ったのに「物足りない気分」

に至った理由がよく呑み込めなかった。

「それから、私はそのことを夫に話しました。夫は育児に余裕ができたら自分の好きな方面に力を入れればいいじゃないかと言ってくれましたし、そうできたら一番いいと私もその時は思いました。今の生活を何も自分から壊すことはないんじゃないかと思いました」

白川はその後、一度は彼との離婚を思いとどまった。

白川は手に持ったままになっていたカップをようやく持ち上げ、一口含んだ。

何も口を挟まない茅根の表情を窺うと、再び口を開いた。

「そうして一年が経ち、歴史が好きなのだから漢文の勉強をし直そうとカルチャーセンターに申し込んでみました。漢文がいくらか読めるようになると、もっと踏み込んで勉強したいと思うようになり、これまで読んだこともない古文書も読んでみたいと思うようになりました。本格的に勉強したいと母に相談すると、ありがたいことに母親が『孫の真由美は自分ができる限り面倒を見てあげるから、大学院に行って好きな勉強をし直したら』と言ってくれたんです。亡くなった父が教師でしたので、私の気持ちを理解してくれたのだと今では思っています。母には感謝してもしきれません。実は、離婚を自分から夫に申し出たのには他にも理由があったんですが、私が離婚の話を言い始めた当時は、夫は何も離婚せずとも勉強は続けられると言って反対しました。まあ、夫の立場からしたら当然かもしれません。弁護士を介して協議離婚が成立した日は、夫は家に帰らずじまいでした。私は母親に結果を一部始終話しました。母親は『律子は若いからいくらでもやり直しができます。これからです』と言って気落ちする私を励ましてくれました。私は学業に励み無事に卒業して今の仕事に就くことができて、悔いはありません」

話し終えた白川の瞳にはうっすらと涙が滲んでいるように見えた。

「そうですか。苦労したんだ」茅根は聞き終わってしみじみと呟いた。

「身の上話なんて、聞きたくなかったでしょ」

「いいえ、そんなことはありません。白川さんの離婚が前向きだったのでほっとしています」

「前向きですか」白川は笑った。

「私は夫に迷惑をかけたくない気持ちもありましたが、勉強に夢中になって、それにもっと先に進みたくて、夫との生活を楽しむことに気を向けることができませんでした。自分がいけなかったんだと今では思っています」

茅根には最後の言葉が聞き捨てならないように思えた。白川が自分で離婚を決めたことと矛盾するように感じたからだ。茅根は白川が離婚を思い至った理由は、夫との結婚生活が物足りなく耐えがたくなっていたからだと理解していた。ところが最後に自分がいけなかったと言った。それに離婚を決意した他の理由とは何だったのか気になった。白川の離婚には隠されたことがあるように感じたが、その時は訊くことをためらった。

白川は茅根の難しい表情を見て話を打ち切りたかったのか、ことさらに明るく言った。「食事していきませんか。松阪牛のおいしいところ、ご案内します」

「それは、いいですね。僕が、ご馳走しますよ」

「いいえ、それは困ります。すき焼きにしますか。しゃぶしゃぶですか。それとも

「ステーキがいいですか」
「ステーキにしましょうか」
松阪牛の老舗店に入った。
個室に案内されると、目の前でシェフが焼いてくれた。
シェフがステーキの焼き加減を訊いた。
白川はミディアムと答え、茅根はウェルダンと答えた。
ウェイターが飲み物のメニューを茅根の前に広げ、茅根は白川と相談して決めた。
ウェイターが赤ワインのコルクを外し、茅根のグラスに一口注いだ。
茅根は香りを嗅いでから口に含み、
「飲みやすいですね」とコメントした。
前菜の後、帆立貝と魚が焼かれ皿に盛られた。焼き野菜は別皿で並べられた。
松阪牛のフィレを満喫した。後は十六穀米の焼きご飯と赤出汁・香の物だった。
食後、喫茶用のソファ席に移った。

デザートはマンゴープリンにジャスミンゼリーがのせてあった。

コーヒーを飲みながら茅根は言った。

「さすがに松阪牛ですね」

「そうですか。よかった」

会計では多少もめたが、茅根が支払うことでけりが付いた。

第四章　新しい仲間

茅根は四日市訪問の帰り、「倉」に立ち寄った。

「あら、いらっしゃい。茅根さん、今日はお仕事だったんですか」ママは土曜日に来店した茅根を訝《いぶか》しがった。

店内は広いとは言えない。カウンター席と、壁際の小テーブルの前に三人がけ用の背もたれのあるソファが置いてあった。他にレザー張りの持ち運びが楽な丸椅子があった。

カラオケの客が主だが、音楽に合わせ中央の狭い空間に出てチークダンスをする客もあった。立て込んでくると部屋の中は熱気が溢れる。客の盛り上がりにママとアルバイトの吉野さんは後押ししながら客との対話にも気を配る。しかし猥《わい》雑《ざつ》な雰囲気はない。常連のサラリーマンが二次会用の交歓の場として利用することも多かった。

栄の表通り裏手の一角にはそうしたスナックや居酒屋、クラブが肩を寄せ合って歓楽街を形成していた。もともとはその場所に隣接して女子大学があったとされ、いつの頃からか女子大小路などという華やかな名前が付けられていた。夜になると通り一帯は店の名前が記された小さなネオンがあちこちに灯った。

土曜日のこともあって、勤め帰り風の客はいなかった。

「ママ、駅弁だけれども『牛肉弁当御膳』買ってきたよ」

茅根はビニール袋から取り出してママに二箱渡した。

ママはカウンターの中にいた吉野さんに声をかけて「茅根さんからお土産いただきましたよ」と言って手渡していた。吉野さんは「ご馳走になります」と言って礼を述べた。

「あら松阪に行かれたの」ママは包装紙のラベルを見て言った。

茅根は理由を話した。

「そうだったの。律子さんも喜ばれたことでしょう」

「ところでさ、僕は彼女がシングルマザーというのを知らなかったよ」

「そうなのよ。彼女は勉強家なんですよ」

そこへ客が入ってきたので、茅根は話を打ち切った。

「いらっしゃい。水野さん、お久しぶりです」ママが入ってきた六十代らしき客に声をかけた。

「今日は、お一人ですか」

茅根は水野氏とすぐにわかった。自分の隣町、千種区田代町の町会長だった。茅根が名古屋に来て一カ月が過ぎた頃、「倉」で会い、その際「名古屋に来たからには戦国史跡の探訪をすると思い出になるよ」と勧めてくれた人だった。

「こんにちは」茅根は声をかけた。

「やあ、久しぶりだね」水野も茅根の両肩を手で揉むようにして懐かしがってくれた。

茅根はママにボトルキープしたウイスキーを水割りにしてもらい、それを持って水野に声をかけた。

「どうぞどうぞ、座って。ところで戦国史跡を見て回っているかね」

茅根は歴史博物館の「史跡探訪集いの会」に入会し、長篠城跡と設楽原、安土城跡、岐阜城をすでに案内してもらったことを話した。

信長が安土山に築いた城は、浅井・朝倉・将軍義昭を駆逐し近江を支配下に掌握したことを示したものだった。信長は琵琶湖水運の有益性を重んじ、地勢的にも京都に近く北陸・東海への要衝を抑えた。それは、抵抗を続ける石山本願寺や紀伊の雑賀衆《さいかしゅう》などの反抗勢力には脅威になったはずで、天下布武を着実に拡張する足がかりを作ったともいえる。近くにはセミナリヨ跡もあり、信長が異教を庇護する斬新な思考の持ち主だったことを窺わせた。

「大手道から天守郭跡を見て、總見寺《そうけんじ》の三重の塔や仁王門の前を通り急勾配の上、段差がある石段を下って一時間以上かけて城跡を見て回りましたが、勇壮な城郭を想像できました。長篠合戦で勝者となった信長は七年後に甲州征伐を断行し、武田家の歴史はそこで終焉します。しかし、その信長は約三カ月後に本能寺の変で斃れ、安土城は建立から、わずか三年で焼失しました。華麗な城郭だったとのことでしたのでつくづく惜しいことです」

水野は水割りを飲みながら茅根の話に聞き入っていた。

茅根は続けた。

「信長は甲州征伐を実行するにあたり嫡男の信忠を総大将にしたんです。私はいくら戦国の世とはいっても冷酷非情過ぎたんじゃないかと思います。信忠にすればその時はすでに破談になっていたとはいえ、許嫁だった信玄の娘・松姫を含めた武田一族を殲滅《せんめつ》することになりますからね。過酷な命令であったに違いないと思います」

「茅根さんは武田家や織田信忠と松姫にずいぶんと関心があるんだな」

茅根が武田領に侵攻した信忠の心境を思いやったことに水野は気が付いていた。

「そうなんですよ。僕の歴史観は常に武田家に結びついているんですよ。何しろ出身が松姫と縁が深い八王子ですからね。だから、こちらに来てから、そのあたりを詳しく学びたいと思っていました。そして最初の史跡探訪が偶然、『長篠城跡と設楽原』っていうことを聞いた時、『史跡探訪集いの会』に入会してよかったと思いました」と茅根は心弾ませて話し続けた。

「三番目に岐阜城へ行ってきました。岐阜城は金華山のロープウェイを使わずにメンバー全員、徒歩で山頂まで登りました。結構急な坂道でしたが一時間はかかりませんでした。途中、信長の居館跡、千畳敷の発掘調査が行われているのが見られました。天守閣から眼下に流れる長良川と濃尾平野を一望した時の気分は最高でした」

「そうですか。茅根さんに最初に出会った時に戦国時代の史跡探訪を勧めてよかったと思いますよ。いやあ、私もうれしいですよ。そんなに私たちの郷土に関心を寄せてくれて。ママ、そうだよな」

水野がそう言うと、ママは頷いて喋り出した。

「信長が愛した生駒吉乃《いこまきつの》は小牧山城《こまきやまじょう》の近くの江南というところに住んでいたと言われています」

水野がママの話の後を続けるように話した。

「信長の正室・濃姫《のうひめ》は齋藤道三《さいとうどうさん》の娘でしたが子供ができなかった。信長は犬山城《いぬやま》主である織田信清《のぶきよ》の配下にあった生駒家を頻繁に訪ねていたけれど、そこにいた寡婦の吉乃を見初め、側室としてから嫡男の信忠、信雄《のぶかつ》、徳姫を産ませています。生駒吉乃は信長が一番愛した女性だったようでした。信長は実母・土田御前《つちだごぜん》が信長を避け、弟の信勝《のぶかつ》を溺愛したため母親の愛情に飢えていましたが、吉乃はその信長を深い愛情をもって陰で支え続けました。小牧山城は信長が初めて居城として築いた城ですが、吉乃との新婚生活のために築城したようなものですよ」

さらに水野は地元での信長に対する評判を話し出した。

「信長は戦術が果断で比叡山延暦寺焼き討ちなど残忍なイメージがあるけれども、それは戦闘に関わることで、別な面では愛妻家で女性思いで子煩悩でした。どうも信長像は誤解されているところがあるようだ。例えば、藤吉郎の浮気を手紙で訴えた正室『ねね』に『浮気は言語道断』と励ます返書を書いたりしているのはよく知られています。信長は人をあだなで呼ぶ趣味を持っていて、藤吉郎を『サル』と呼んだり、嫡男の信忠が生まれた際には『奇妙丸』と滑稽な命名をしている。また禁裏では相撲の興行をしています。信長は茶碗の焼物に関心を寄せ千利休らと茶会をしています」

茅根は、冷酷な信長も茶目っ気のある性格や文化への興味を持ち合わせていたんだと感じた。また、地元では信長は人気があることを知った。茅根自身、信長が時代の転換期に天下布武を唱え、戦国の群雄割拠した国の統治にリーダーシップを発揮しようとした点や、イエズス会を遇し海外の情報収集にも目を向けていた点など先見の明に魅力を感じていた。秀吉は人心掌握術に長け出世街道を驀進した知恵者だが、側室の淀君が鶴松や秀頼を産むと人が変わったようになる。千利休や関白・豊臣秀次を自害に追い込み、秀次の妻妾や子を三条河原で三十人以上惨殺したこと、朝鮮出兵を実行するなど不可解な点が秀吉に対する人物評価を減じていた。

「嫡男信忠は父・信長の命令により武田家を滅ぼす甲州征伐の総大将になった。その信忠の元婚約者が武田の松姫だったというわけですね」

茅根は水野の質問に答えた。

「そうなんです。その信忠が武田信玄の息女・松姫の許嫁だったんです。信長は先に武田勝頼と遠山氏の娘を自分の養女にして武田家との縁組をし、夫人は武田信勝を産んだ後死去しました。信長は縁切れとなった武田家との関係復活を期して、嫡男信忠と松姫の婚約を懇請しました。しかし信玄は、三河侵攻を準備する中で信長が徳川に援軍を送るという情報を入手しました。そのため信玄は甲尾同盟を解消して信長と断交し、信忠と松姫の婚約は破談になりました」

　信玄は北条との同盟が復活したことを契機に、元亀三年（一五七二）十月、徳川領国への侵攻を開始した。家康は進軍してくる武田軍を浜松城から出て三方原で迎え撃ったが、結果は徳川・織田側の敗北だった。信玄の勝利は天下に名を轟かせ、信長と敵対する戦国大名に結集する転機を与えたものの、信玄は三河へ侵攻中に病死した。

　そこで、水野は皿に盛られた柿の種を摘まみながら水割りを飲んだ。そして一息入れてから喋り出した。

「武田信玄は自身の死を三年秘匿《ひとく》することを言い遺したと言われています。無念だったろうね。信玄の遺志を継いだ武田勝頼は長篠合戦に臨んで敗北しました。一方、信長は反信長同盟の中核である石山本願寺と和睦します。そうしてから武田家に対する甲州征伐に着手します。しかし勝頼の敗因は家臣の離反や織田・徳川への内通があったからと言われています」

茅根は水野に答えた。

「そうなんです。武田軍団は長篠合戦で山縣昌景《やまがたまさかげ》、原昌胤《はらまさたね》、真田信綱《さなだのぶつな》、馬場信春《ばばのぶはる》など重臣層と歴戦の兵卒を相当数失いました。それに加えて武田一門衆たちが離反していきました。その主だった武将として木曽義昌《きそよしまさ》、穴山信君《あなやまのぶただ》、小山田信茂《おやまだのぶしげ》、小笠原信嶺《おがさわらのぶみね》の四名が挙げられます。武田家臣の中で寝返りもせず徹底抗戦したのは松姫の実兄《じっけい》・仁科信盛《にしなのぶもり》だけでした」

茅根は武田一門で離反した主だった武将のことを掻《か》い摘《つま》んで話した。

「木曽義昌は武田一門衆で信玄の三女の真理姫を正室としていました。松姫と同母の姉です。それなのに義昌は、長篠合戦で勝頼が大敗後、信忠の調略に乗り離反、武田領国の一角が崩れる最初のきっかけを作りました」

小山田信茂は、武田勝頼が戦いに備えて急遽韮崎《にらさき》に築いた新府城《しんぷじょう》で籠城することに反対した。勝頼は申し入れを受け入れ、信茂を頼って岩殿城《いわどのじょう》に向かったにもかかわらず土壇場で拒絶され、勝頼は天目山で自刃に追い込められる羽目になった。戦後、信茂は織田信忠により不忠を指弾され、甲斐善光寺で断罪されている。

穴山信君は長篠合戦から戦局を巡って勝頼と不仲となり、勝頼の指導力を見限り徳川方に寝返った。信君の母親は信玄の姉・南松院、妻は信玄の次女・見性院で武田軍団の重鎮であった。甲州征伐の後、信君は武田家滅亡の立役者として信長の接待を家康に同行して受けた、その帰り道のことだった。堺に滞在中、本能寺の変を知り家康とともに伊賀越えをして岡崎を目指したが、京の田辺飯岡《いのおか》で襲われ不慮の死を遂げる。正妻・見性院は、家康から江戸城北の丸に屋敷を与えられ、生涯手厚く保護を受けたといわれている。

「小笠原信嶺は伊那郡松尾城主で信玄の死後武田勝頼に仕えていましたが、長篠合戦で武田方が敗退し信長による甲州征伐が始まると、岩村城に着陣した織田信忠に鞍替えしました。その日、天正十年（一五八二）二月十四日の晩に浅間山が四十八年ぶりに大噴火を起こしました。当時の人々の間では、甲斐・信濃をはじめ東国で異変が起きる時には、浅間山が噴火すると信じられていました。そのため噴火を見た武田家の兵たちは動揺し、士気が下がって内通する者が出たといわれています」

茅根は松姫と織田信忠の話をどうしても喋りたかった。

「水野さん、くどいですがもう少し聞いてもらえますか」

「どうぞ、話してください」水野は水割りを飲みほし、吉野さんに追加を頼んでいた。

「織田信忠は天目山《てんもくざん》で武田勝頼が自刃して武田家が滅亡したことは知りましたが、自分の許嫁だった松姫を探し出したかったと思うんです。松姫の探索は個別に命じたと思いますが、発見できませんでした。その時信忠はどう思ったでしょうか。せめて松姫だけはどこかへ逃れ生きていてほしいと願ったに違いないでしょう。松姫は二十二歳、信忠は二十六歳でした。信忠は松姫と同母の兄で高遠城主の仁科信盛と同じ年でした。兄のように慕っていたんではないでしょうか。ましてや婚約した時は少年少女でしょう。お忍びで会ったことだってあったでしょう。手を取り合って野山を駆け巡ったりしたんではないでしょうか。本能寺の変で信忠が討死したと聞いた時、松姫は武田家を滅ぼした織田家とはいえ悲しんだことは想像するに難くありません」

「茅根さんは織田信忠と松姫に思い入れがあるんだね」水野は言った。

「私には信玄の息女、松姫は壇ノ浦の源平合戦で敗れた平家、平清盛の息女・建《けん》礼門院《れいもんいん》と似た運命を辿っているように見えます」

「なるほど」水野町会長は頷いた。

茅根は松姫の、その後について、話を進めた。

「織田家の侵攻が明確になってきますと、高遠城主の兄・仁科信盛（盛信）が信玄の娘としてただ一人残る松姫に逃げるよう促しました。そして武田一門の武将たちは自分たちの三歳から四歳の幼い子供たちを松姫に託しました。兄の仁科信盛は督姫《とくひめ》と勝五郎、異母兄《いぼけい》の勝頼は貞姫《さだひめ》、それに小山田信茂の養女・香具姫《かぐひめ》もです。松姫は託された幼い子供たちとともに、織田信忠と婚約した当時設けられた御料人様衆（家臣・供侍・侍女）たちに警護されながら、二十余名で甲斐領国内を信玄に縁のある寺を訪ねながら逃避行を続けました。国境にまたがる幾多の峠を越え一路北条領の八王子を目指しました。新府城を天正十年（一五八二）二月初めに発ってから一カ月以上かかり三月二十七日に北条領の入り口にある金照庵（八王子上恩方）に辿り着きました」

「逃避行に一カ月以上は大変だったろうね」水野は茅根の長話にじっと耳を傾けていた。

茅根は松姫が逃亡の果てに辿り着いた武蔵国八王子での状況を語った。

「武蔵国八王子は当時、北条氏照《うじてる》が城を築き治めていました。甲相《こうそう》同盟は戦いの前に破棄されていましたが、北条氏照は妹が勝頼の正妻になっていることもあり、松姫の庇護をしてくれました。松姫は北条氏照の正室・比佐《ひさ》の方に可愛がられ、そのお相手を務めたという伝承があります。また徳川家康の庇護を受けていた穴山信君の夫人で、松姫の異母姉でもある見性院は、北条家と徳川家の同盟関係を頼りに北条側に働きかけ、松姫の保護に動いてくれました」

見性院にとって実姉の黄梅院が北条氏政の正室（永禄十二年二七歳で死去）だったので松姫の庇護に対する北条家への働きかけは容易であった。

八年後、北条氏は豊臣秀吉の北条征伐によって滅ぼされる。八王子城は上杉景勝、前田利家らの部隊により攻められ落城し、松姫は比佐の方が自害されたことを聞き及んだという。天正十八（一五九〇）年、徳川家康は関八州に移封され、八王子は家康の治下になった。家康にとって武田家は信玄の時代よりよきライバルであったが、家康は戦国の世、合戦の旗印に『風林火山』の幟《のぼり》を掲げる武田信玄に散々悩まされていた。

「家康は、百戦錬磨の最強軍団を作り上げた武田信玄の旧臣たちを活用しない術はないと思っていたのでしょう。直轄領となった関東の総代官所を八王子に置き、そこを代官頭として元武田家の蔵前衆《くらまえしゅう》（直轄地の管理を行った地方代官）であった大久保長安を任命しました。長安は江戸城の防備として八王子を重要視し、武田の旧臣を集めた千人同心を組織して江戸幕府の職制下に組み込みました。そして甲州街道を整備して、千人同心に甲斐と武蔵の国境警備と日光勤番の役目を任せました。松姫は自分の周囲に集落を形成した千人同心に守られながら、兄たちより託された姫君たちの養育に専念しました」

茅根は大久保長安が、その後幕閣内で確執が生じ失脚したことが解《げ》せなかった。大久保長安は二代将軍徳川秀忠の側近、大久保忠隣《ただちか》の寵愛を受けて大久保姓を授かり、石見《いわみ》銀山や佐渡金山の鉱山奉行として卓越した手腕を発揮した。しかしその後、鉱山奉行時代の統括権を隠れ蓑に不正蓄財があったと嫌疑をかけられ代官職を罷免された。

水野は茅根に新たな疑問を投げかけた。

「武田勝頼の行動で二つほど解せないところがあるんだけれども。一つは何故、勝頼は上杉との同盟を選択したのか。仲違いした北条は織田・家康に同盟を持ちかけ、武田包囲網を作り上げた。二つ目は新府城を築城し本拠を移したことだ。これはどうもタイミング的に失敗だったのではないだろうか」

水野の鋭い指摘に、茅根は「同感です」と頷き、また饒舌となって話し始めた。

「確かに、勝頼の不可解な選択の中でも一番に挙げられるものでしょう。甲越《こうえつ》同盟は勝頼から求めたのではなく、上杉景勝が御館《おたて》の乱を収束するためには勝頼の力を借りるしかないとして接近してきたものです」

御館の乱は、北条家から養子に入った上杉景虎と長尾家から養子に入った上杉景勝との跡目争いである。武田勝頼は父・信玄が信濃国の川中島において通算五度にわたって戦いをした上杉謙信が急逝したため、結果として、上杉家の跡目争いに巻き込まれたのだと、茅根は力説した。

「勝頼は上杉景虎を見限り、景勝の要請で甲越同盟を結び、松姫の同腹の姉で二十一歳の菊姫を景勝の正室として送り込みました。その結果、北条氏を裏切ることになり、北条方が甲相同盟を破棄して家康・信長に接近しました。北条と武田は敵対関係になってしまったのです」

「勝頼の外交の失敗じゃないですか。いずれにしても甲越同盟は謎が多いね」水野が言った。

「そうですね。しかし勝頼と景勝の交渉過程で金品が動いたとも言われています。当時の社会通念として、和睦や同盟を申し入れた側が贈答するのは当然だったようです。ましてや菊姫が輿入《こしい》れするわけですし、相当の黄金が動いたんではないんですか。勝頼にすれば戦が始まるかもしれない急場を凌ぐ混乱があったとしか考えられません」

水野は頷いていた。

茅根は続けた。

「甲州征伐が始まってから、上杉景勝は同盟国武田勝頼の身を案じ援軍の派遣を申し出たと言われています。勝頼は二千でも三千でも援軍を派遣してもらえるならありがたいと返答しています。しかし結果的に景勝は織田・徳川・北条の侵攻をただ傍観していただけで、武田勝頼に援軍を差し向けた気配はありません。甲越同盟は織田・徳川の甲州征伐に対して機能しなかったのです。勝頼にすれば、この同盟は何だったのかと思ったに違いありません」

水野の二つ目の疑問点に関す茅根の説明はこうだ。

「新府城は甲州征伐の侵攻に備えて籠城するために急遽築城しました。しかし築城に伴う人足普請の負担の増加が武田方から多くの離反を生み、勝頼の求心力は低下したといわれています。勝頼が移り住んだ新府城は未完成で籠城できる状態ではなかったようで、『甲陽軍鑑』では『半造作』と書かれています」

茅根は水野に、武田家の衰退について日頃から疑問に思っていることを逆に尋ねてみた。

「信玄は元亀三年（一五七二）に何故、隣国家康の領国へ侵攻したのでしょうか。南進などせず領国経営にとどまっていれば松姫と織田信忠の婚約の破棄はなく、信長とも友好を保て、信長にとっても信玄にとってもベストだったはずです」

水野は、あくまで自分の持論だがと断って話してくれた。

「信玄には信長と家康の強固な連携に対する読みの甘さがあったんだろう。桶狭間の戦い後、信長と家康は軍事同盟『清州同盟』を結び主従関係は強固だった。しかしこの時期、信長は畿内で反抗勢力に遭い苦境に陥っていた。信玄はそのことを把握し、今がチャンスと思ったんではないだろうか。ところが三方原合戦で勝利した武田軍は不運にも信玄の病没で計画が頓挫《とんざ》してしまった。それに、もともと武田家は地政学的に内陸に閉じ込められており、海に面していないことが南進する理由となっていたんではないだろうか」

武田の勢力拡大に対し周辺国、駿河の今川氏、相模の北条氏が塩の流通を拒んだ時があった。それを見た上杉謙信は多年の宿敵にもかかわらず、武田信玄に「敵に塩を送る」という正義を示した逸話があるという話を水野はしてくれた。

茅根は水野の持論に納得した。

すると今度は水野が質問してきた。

「松姫に託された姫君たちの、その後はどうなったんだろうか」

茅根は答えた。

「松姫の実の兄・仁科信盛の娘で三歳の督姫が、そのうちの一人です。松姫は北条氏が治める八王子に落ち延びて、心源院の滞在時に豊臣秀吉の北条征伐によって氏照の八王子城は廃城になります。松姫は支援がなくなり生活に窮していたといわれています。松姫は生計を立てるため生国である甲斐国で得た機織物の技術を生かしました。甲斐から蚕種を取り寄せ、蚕に食べさせる桑畑を育てました。桑の葉を食べた蚕は糸を吐き自らを包む繭を作ります。繭から繰り出した生糸を絹として商人に売り込みました」

　北条氏に代わって松姫たちの支援に手を差し伸べたのは、旧武田家臣からなる千人同心だった。千人同心は当初は数こそ少なかったものの、やがて集落を形成するまでになる。きっかけは信長の本能寺の変による横死で、武田領国の支配を巡って北条、徳川、上杉などの争乱が起こったことによる。天正壬午《てんしょうじんご》の乱と呼ばれるこの争いの際に、難を逃れた武田の旧臣たちは松姫を慕って八王子に流れ集まった。その後、徳川の代官として赴任した武田家遺臣大久保長安が手厚い保護の手を差し伸べ、松姫のために御所水の里に信松院という僧房を寄進する。そこで、姫君たちは松姫の養育のもと平穏に暮らすことができるようになった。

　督姫はもともと体が丈夫でなく、嫁がずに出家の道に進んだが、長安は督姫にも僧房を寄進した。督姫は法名を「生弌尼《しょういちに》」と称し仏道に精進した。しかし二十九歳の若さで亡くなる。

　松姫が仁科信盛兄から託された督姫の兄の勝五郎は当時は八歳だったが、長安の取りなしで徳川家康に対面した。そこで家名の存続を認められ、仁科信基を名乗り江戸幕府旗本に列した。

貞姫は武田勝頼の娘で四歳であったが、徳川家康の配慮で足利家の庶流高家《こうけ》・宮原義久に嫁ぐ。宮原義久は五十四歳で死去するが、貞姫は八十一歳まで生き、宮原家は明治まで続いている。

武田勝頼を裏切った小山田信茂の養女の香具姫は四歳。徳川家康の配慮で陸奥・磐城平《いわきたいら》七万石の藩主内藤忠興に嫁ぎ、四代将軍徳川家綱の時代まで長生きをして九十五歳で亡くなる。

「松姫と徳川家との繋がりは、穴山梅雪の妻の見性院が江戸城内に邸を与えられ家康の庇護を受けていたこともあり続きました。二代将軍徳川秀忠が大奥の侍女、お静に想いを寄せ、お静は懐妊しました。見性院の依頼を受けた信松尼の庇護のもとで出産しました。その子が幸松です。幸松は信州高遠藩保科家に養子に入り元服して名を正之と改めます。後に、会津藩主となる保科正之は、人徳を備えた大名として三代将軍家光と四代将軍家綱を補佐しました。そこには松姫の養育の成果もあるのではないでしょうか」

水野は茅根の話を聞き終わってから、

「幼い子供たちを松姫が養育し、それぞれ成長していったことがよくわかったよ。松姫を慕い支援した元武田の旧臣たちの結束力も素晴らしいね。それとともに徳川家と渡り合って姫たちを一人前にした松姫の気丈さも相当なものだったのではないかな」

「僕もそう思います」茅根は答えた。

茅根にとって水野との歴史談義は楽しかった。

茅根は武田家の衰退を常日頃から残念に思っており、彼らについて誰かに話したい気持ちを持っていた。それを水野に聞いてもらうことができ、水野に、ますます親しみを覚えた。

茅根がウイスキーを一気に飲みほし、ひと息つくと、それを見計らったらしく、「お二人ともお話に夢中で。少しリラックスしたら」と、ママが割って入ってきた。

と同時に数人の客がどやどやと店に入ってきた。ママはお客に「譲り合って座ってね」と声をかけ、人数分のおしぼりを用意するために裏に下がっていった。

客たちはウイスキーの水割りを頼むのもそこそこにカラオケを始めた。

加藤登紀子の「知床旅情」、テレサ・テンの「つぐない」、森進一の「襟裳岬」、さらには石川さゆりの「津軽海峡冬景色」などだ。演歌歌手の絶頂期の曲たちだった。

曲のムードがチークダンスにふさわしいと、男性が席を立ち同伴の女性に相手を求める。曲の途中でも二組目が踊り出すこともある。

茅根はカラオケを聞きながら合戦の史料が豊富にあるにもかかわらず、女性から見た歴史の語りがないことが残念でならないと思った。同時代の戦場体験者が証言として書き記したものも時代が下るにつれて兵書として活用されたりする。その他幕府の要請で本人からの聞き書きを記した史料などは新たに作られたりした。その種のものは盤石となった徳川創業期を称えつつ、先祖の手柄話を集成し、子孫の繁栄を願ったものに書き換えられていたりした。こうして家康や将軍職の神聖化・絶対化の思想、いわゆる徳川史観が成立した。

それにしても信忠や松姫の史料が乏しい。豊臣政権になってから菊姫の夫・上杉景勝は栄達した。京都伏見に暮らす菊姫と松姫との間には姉妹として互いを思いやる文《ふみ》のやり取りなどがあってもおかしくないが、今のところそうした史料が発見されないのが残念である。

一方、合戦の成り行きや結果については詳細な語り伝えがある。主だったものでも『信長公記』や『甲陽軍鑑』が知られており、信長や信玄の動向が記録されている。しかし本能寺の変で信長・信忠親子が討死したという記録はあっても信忠の心情はきちんと記されてはいない。松姫や信忠の運命についての記録がないのが不思議である。

第五章　秘めた激情

九月も半ばを過ぎ、残暑も日に日に薄らいできた。そんなある晩、夕食も済み台所で洗い物をしていると白川から電話があった。

「こんばんは。今、お話ししても構いませんか」

茅根は驚きを込めて「白川さん、どうされたんですか」と言った。

白川が茅根に直接電話をかけてくることは、初めてであった。

「この間、『倉』に行きましたら、ママが茅根さんは武田家の松姫にすごい思い入れがあるみたいですよと言っていました。私も茅根さんから、そのお話を直接聞いてみたくなりました。近いうちに『倉』でお会いできますか」

「白川さんに歴史のお話をするなんて、気がひけますよ。でも私も、白川さんに訊きたいことがあったのでちょうどよかった。今度、『倉』ではなくてどこかでゆっくりお話ししましょう」

茅根は電話を切る前に思いつきで京都に誘った。茅根にすれば史跡探訪のガイドで世話になったままなので、感謝を伝えたい気持ちもあった。

「いいですね。楽しみにお待ちしています」

京の街は祇園祭や五山の送り火の余韻が残りつつも紅葉狩りのシーズンまでにはしばらく間があり、街には落ち着きが見られた。

山陰本線で嵯峨嵐山駅まで行って嵯峨野をそぞろ歩きした。白川はグレーのパンツに白のブラウス。その上に薄水色の夏のジャケットを羽織っていた。以前「倉」でお喋りしている時、白川に身長を訊いたことがあり、一六三センチと言っていた。スリムな上ファッションセンスもよく上品に見えた。

天龍寺《てんりゅうじ》を見て渡月橋《とげつきょう》界隈で昼食。午後は常寂光寺《じょうじゃこうじ》、二尊院《にそんいん》、祇王寺《ぎおうじ》、大覚寺《だいかくじ》まで歩いた。大沢池の庭園で大樹の日陰に腰を下ろし一休みした。時折、木漏れ日が差して、池の水面には漣《さざなみ》が立ち、青空が広がった山の背後から白い綿雲が浮かび上がっていた。向こう岸には大覚寺の多宝塔が見え、少し離れていたが大きな蓮の葉が池一面に浮かんでいた。午後なので花弁は大半が閉じていたが、長い茎の先に淡い桃色の大きな蕾がいくつも垣間見えた。互いにひとときの感傷気分に浸る中、時折心地よい涼風が池の面より吹き渡ってきた。

「お水を飲みませんか」白川はそう言って水筒の蓋を兼ねたコップに冷水を入れ茅根に勧めた。

「ありがとう。冷たくておいしい。もう少しいいですか」

その後、白川も茅根が返した蓋コップに水を注いで飲んでいた。

「ところで、この間お電話の時、私に訊きたいことがあるって仰ってましたが、何でしょうか」

「ああそれ」茅根は喋り出した。

「失礼にならないか心配ですが、前に離婚の話を聞いた時がありましたね。白川さんみたいな素敵な人と何故離婚する男性がいるのか疑問に思っていたんです。白川さんはあの時、自分から離婚を申し出たと言っていたでしょう。自分がいけなかったと。そんな話の終わり方でした。でもその様子から、離婚をされた真相を隠しているように感じました。だからさしつかえなければもう一度訊いてみたいと思っていたんです」

「その話ですか。嫌だなー。でも茅根さんになら話してもいいかな」

そう言って、白川は語り出した。

「前にも言ったかもしれませんが、私はもっと好きな勉強をしたかったんです。夫は反対しませんでしたが、時が経つにつれ、妻は自分とは人生観が違うって感じ出したんではないでしょうか。私は、子供もできて落ち着いてきたせいでしょうか。家族のことにすごく関心を持つようになりました。これからの長い人生をどのようにしたら家族が幸せにやっていけるのだろうか。人生って同じようなことを毎日こなしながらおだやかに過ぎていくことが幸せということなんじゃないかと思ったりしていました。でも、そうし続けるには長過ぎる道のりなんですね。

自分の家も持ちたいなんて物質的なことも考えました」

従順な妻であり、良き母であろうとした女性が、自分の殻を打ち破っていく様子を語る白川を、茅根は黙って見つめていた。

「結婚する前には人生設計なんて持っていませんでした。ことに学生時代は自分が将来したいことなどわかっていませんでしたし、就職も事務系くらいしか考えていませんでした。仕事は続けたいと思いましたが平穏な家庭を持つ程度でした。夫とは恋愛してほぼ卒業と同時に同棲し、その流れで結婚しました。そのプロセスは幸せだと思っていました。結婚した翌年妊娠し娘が生まれました。夫とともに喜び、夫の両親も初孫ができたことをことのほか喜んでくれました」

子供が生まれ、新たな気持ちが湧いて生活に張りはできたが、産休が終わり職場に復帰してからは、育児と家事、そして仕事に押しまくられる毎日。二年くらい経った頃、人生ってこんなものなのかなという気持ちがもたげてきたのだという。

「そして、何よりも打ち込めるものを持ちたいと思うようになりました。大学の元ゼミの先生のご自宅にも伺い、大学院に入学して勉強したい旨を相談しました。先生には理解はしてもらいましたが、大学院は研究に専心する熱意がないと続けられないなどの厳しい意見をもらいました。散々悩みましたが、好きな道に進みたい気持ちは強くなっていきました。それからは大学院に入学するため仕事を辞めて猛勉強しました」

大学院の修士課程に進んでからは、専門テーマを研究し修士論文を完成させなければならず、生半可な勉強ではやっていけない。当然のように夫婦で過ごす時間は減り、すれ違いが目立っていった。

「子供を産むって、親にとっては人生の選択肢の一つなんです。でも、生まれてくる子供に合意を取り付けることはできません。だから子供からしたら、その選択肢は親の身勝手な特権に過ぎないのではないか。生まれた子供は自分の誕生を受け入れるしかないのではないか。私はそんなことまで考えていました。こんな親のもとに生まれた娘は可哀そうだと憐れんだり、結婚することも子供を作ることももっと慎重であるべきだったと反省したりしてしまいました」

白川は言いよどみ、目の前の池を黙って見つめていた。それからまた喋り出した。

「私は勉強の時間が惜しくて夫と遊んであげられなかった。相性はよかったと思いますが、ただ、夫はつまらなかったんでしょうね。やがて好きな女性ができました。お相手は妊娠しているということでした。夫からその話を打ち明けられた時、聞くに忍び難く、途中でその場を離れました。夫は何故別の女性を好きになれるのだろうか。夫はその女性のどこに惹かれたのだろうか。私はこれほど耐え難いことは過去に経験したことはありませんでした」

それまで愚かにも、夫を愛し、夫に愛されていたと思っていたと、白川は自分を罵《ののし》るように言った。

「結局離婚しましたが、夫を失った喪失感は耐え難いものでした。愛していると信じていた自分をどこへ持っていけばよいのかわからなくなり、男性不信に陥り精神的に苦しみました。挙句の果てに人生の意味って何だろうと思いつめました。でも現実はいつまでもそんなことを考えている時間を与えてくれません。娘のためにも、とにかく生きていくしかない。やり直す決心をした時、私の心を支えてくれたのは大学院の教授や研究仲間の歴史に対する真摯な探究心でした。私が勉強で忙しい時には、母が泊まりがけで手伝いに来てくれました。本当は博士課程まで行きたかったのですが、子供や生活のこと、母にいつまでも甘えられないことも考え断念しました」

白川は結局、修士課程の二年で修了し、在学中に取得した博物館の学芸員資格を生かして学芸員になった。

協議離婚が成立したことで戸籍上のことは片付き、夫とは別居、娘の親権は白川が持った。単独親権では夫と意見の違いがあったが白川は主張した。娘まで奪われては、立ち直れないという思いゆえのことであった。話し合いの末、夫からの同意を得た時、夫は浮気という取り返しのつかないことをした後ろめたさに譲歩せざるを得ないと思ったのではないかと感じたようだ。

離婚後、一番の心配は白川の収入が少ないことだった。共働きの時はお金にあまり執着していなかったが、子供を養育していくには学芸員の給料は決して高くはない上に、ましてや就職したばかりなので不安があった。元夫はその点に理解を示し、娘が大学を卒業するまでの養育費を一部負担させてくれと自分から言い出したそうだ。月額にして三万円だが、夫の収入ももともと多くない中での申し出に白川は感謝した。その時自分から念には念を入れて公正証書の作成をお願いしたら協力してくれた。その代わりとして夫は、真由美は自分にとっても大切な娘で可愛いと本心を吐露し、真由美が進学した時とか就職や結婚した時は呼んでほしいと要望した。白川は自分の悩みは娘の将来のこと、離婚したことで娘に負担をかけたくなかった。だから夫の申し出を受け入れ約束したということだった。その時白川は夫と娘の交流も思い浮かんだが言い出せなかった。将来のことは娘のことを第一に考えながら成り行きに任せようと思ったとのことだった。

「今は好きな歴史の勉強が続けられる環境に就職できて、自分の選択に後悔はしていません。一年ばかりして名古屋のアパートを引き払い、四日市の実家で母と同居し名古屋まで通勤しています」

「そうですか。苦労されたんですね。でも好きな仕事を生き生きと続けている母親の姿を見てお嬢さんはもちろん、お母様も安心していると思いますよ」

茅根は白川に同情した。しばらく沈黙が続いた。

茅根は白川が離婚するに至った原因にドメスティック・バイオレンスがなくてほっとしていた。

「実はそういうことだったんです」

「すまなかった。いろいろ詮索しちゃって」

白川は茅根の顔を見て微笑してくれた。

「茅根さんには何でも話せちゃうから不思議です。私の離婚のこと、今まで誰にも喋れなかったのに」

茅根は、白川の離婚の話はそれっきり訊くまいと思った。

「今度は茅根さんに私から訊きたいことがあります」

「武田家の松姫のことですか」

「そうです。織田信忠と松姫のお互いの思いやりや甲斐国からの逃避行における伝承などについて訊いてみたかったのです。『倉』のママは茅根さんのお話しを聞いてから松姫様の情熱ってすごいと驚いていました。と同時に茅根さんの熱意に惚れ惚れしましたなんて言っていました」

「ママがそんなこと言ったの。うれしいね」

日も落ちてきて、蝉しぐれがひときわ大きく降り注いでいた。

「そうですか。中世史の専門家、白川さんにお話しするなんてためらわれます。松姫のことは地元・八王子に昔から住んでいる人は知っていますが、武田家の発祥は甲斐国。それに比べると八王子での松姫は出家の身で、すでに武田家は滅んでいます。いくら武田信玄のお姫様であっても過去の話です。松姫は八王子で人生の半分以上の三十四年間を過ごし、五十六歳の生涯を閉じました。八王子では華やかなお姫様というより清楚な女性のまま生涯を送ったということになっています。それは真実でしょうが、私は松姫様が尼公様という一般的なイメージとは異なる、人間味のある松姫像、ことに織田信忠との恋愛などの真実が隠れているように思えてならないんです」

松姫は武田の家名を失った絶望感や元婚約者の信忠を失った喪失感が深く、実兄・信盛、義兄・勝頼の死や、彼らに付き従って死地に赴いた義姉たち、その他武田家のために命を落とした武将たちを見てきて虚脱感を持ったのでないかと、茅根は考えている。そのあたりの松姫の心情はいかばかりであったか、我々の想像を超えている。だから自分は、武田家滅亡と平家滅亡のことを重ねてしまうのだと、茅根はため息を吐いた。

武田家は清和源氏の氏族にあたり、甲斐国に根付いた集団は甲斐源氏といわれている。武田家はその嫡流で鎌倉時代から甲斐国の守護を務めていたが、松姫は武田家の衰退を見守り最後は甲斐国を逃れ八王子に隠棲し仏教に帰依した。一方、建礼門院は栄華を誇った平清盛の娘、高倉天皇の皇后だったが、壇ノ浦の戦いで生き延び、京の寂光院で仏教に帰依した生活を送った。

「二人とも一族が滅んだのちに仏教に帰依しています。信忠・松姫の婚約は信忠十一歳、松姫七歳の時でした。本能寺の変はすでに婚約が破談になっていたとはいえ、信忠と松姫にとって生涯を狂わした決定的事件だったはずで、二人の心中を察するとたまらなく悲しくなります」

茅根の話はとどまるところを知らずに続いた。

白川は茅根の方に顔を向けて頷いていた。

「備中高松城を包囲する羽柴秀吉への援軍に向かうため、信忠は京都妙覚寺に逗留し、父・信長は本能寺に滞在していました。信忠は本能寺にいた父・信長が明智光秀軍に襲われたことを知り、二条御所で籠城して戦うつもりだったようです。わずかな家臣しかおらず、勝ち目はなくなり周りは逃げ延びることを勧めたようですが、自ら自刃を選んだとされています」

松姫と信忠の婚約解消は信忠十六歳、松姫十二歳の時。二人にとっては晴天の霹靂だったと思われ、破談になってからも文のやり取りをしていたといわれている。

「婚約期間中、信忠と松姫の対面はなかったのでしょうか」白川が尋ねる。

「五年という長い期間であったわけで、非公式というのか、お忍びというのか、逢瀬は可能であったと考えた方が自然だと思います」

「当時の行動の自由はどうだったんでしょう」と、重ねて白川が言うと、

「松姫は御所水の里に庵を結び、落ち着いてから兄たちの墓参りなどしたかったと思います。甲斐国は家康による代官支配地でした。甲州街道の宿場を泊まりながら里帰りできたはずです。そのあたりの記録が遺っていて松姫に関する情報が発見されたらいいのですがね」と答える茅根の表情は、どこか心が浮き立っているように見えた。

「僕が一番気になっているのは、菊姫と松姫のやりとりはなかったのか、ということです。菊姫は豊臣秀吉が天下統一した後、夫・景勝が会津百二十万石の大大名に栄達し、五大老の一人となりました。松姫と比べると幸せな人生を歩みました。私は菊姫と松姫の姉妹の交流はかなりあったのだろうと推察します。史料が発見されないのが不思議に思います」

長篠合戦で武田氏に勝利した信長は、武田氏の支配領域に反転攻勢に出た。その時総大将を命じられた信忠の心境についても、茅根の想像は及んだ。

「信忠は甲州に侵攻すれば松姫に逢えると思ったでしょう。そして連れて帰れると胸が高鳴ったでしょう。松姫のいる躑躅ヶ崎館と目と鼻の先まで来ていて救出できないわけはないとも思ったでしょう。その一方で、そんなことをしたら、父・信長から叱責だけでは済まないことになると思い、松姫を探し出す部隊を編成し密かに探索だけさせたのではないでしょうか。しかし発見できなかった。そこで陣を引き払ってからも探索の部隊は残し調べさせたに違いないと思います」

茅根の話が一区切り付いたのを見計らって白川が喋った。

「婚約時代に二人のお忍びによる対面はあったという茅根さんの推論は当たっていると私は思いますよ。だってお二人とも、きっと初恋でしょう。愛は燃え上がったと思います。それにお互いの侍女や警護の家臣が付いているからこそ安心して遊んだり会話したりする自由が許されるんではないですか。史料がないからと言って事実はなかったとは言えないですからね」

白川はそう言いながら茅根の様子を見て水筒の水を差し出した。茅根は白川の心遣いに笑みを返し喉を潤した。

織田信忠には武田氏滅亡後、松姫が八王子にいるという情報がもたらされたという。信忠は京都に迎えるため使者を介して北条氏照に懇請した。松姫は滞在していた金照庵を発ち相模の国に向かい待機していた。そこで本能寺の変が起こり二条御所で信忠が討死したという知らせに接した。松姫は再会かなわず庵に引き返した。

歴史に「もしも」を語ることほど虚しいことはないが、茅根は本能寺の変が起きなければ松姫と織田信忠の結婚成立はあったと思っていた。すでに滅亡した武田家からの輿入れは当時としては考えにくいが、愛し合っている二人にはそんなことは関係なかっただろう。

武田勝頼は上杉謙信の死去後、上杉家で起きた家督争い「御館の乱」に北条氏政の要請を受け越後に出陣した。しかしその後、上杉景勝から和睦申し入れと自分の正室に武田家からの入輿《じゅよ》の申し入れがあり受け入れることにした。輿入れは菊姫になったが、当初、松姫に白羽の矢が立った。松姫は勝頼に固辞したと言われている。茅根は松姫には信忠と結婚する意志が固かったからだと見ていた。

茅根は信忠を想う松姫の心情を語り出した。

「信忠と松姫は相思相愛だったんです。どうにもならない恋慕の切なさに二人は苦しんだでしょう。戦国の世とはいえ、若い二人の仲を引き裂いたことに胸が痛みます。松姫は本能寺の変での突然の不条理に地獄に突き落とされたと絶望したに違いありません。信忠の死は父や母とも違っていた。兄たちは信忠によって死地に追いつめられましたが、それでも信忠を想う松姫の気持ちは揺るがなかった」

茅根が「この世は愛する者を探す旅だと思う」と言った時、白川の頬が赤らんだように見えたが、茅根は気付かないふりをして続けた。

「恋する信忠を失い悄然とならないわけはありません『松は信忠様の死を受け入れられません。松は信忠様からの文が届くのを胸をときめかして待っていました。松は信忠様が想うてくださる優しさにどれだけ慰められたかしれません。松は信忠様を誰にも奪われたくありませんでした。信忠様に添い遂げることだけを松は夢見ていました。松は独りぼっちになってしまいました。信忠様、今どこにいるんですか。教えてください。信忠様に逢いたい。松は信忠様を追いかけていきたい』松姫にとって生きることは狂気でしかなかったと思います」

松姫は自分の命が燃え尽きたように感じていた。悲嘆に暮れ、自分を見失っていたに違いないと茅野は思っている。

「『松は信忠様が亡くなったことを思うと怖くて寝付けません。信忠様は永遠に戻ってこないのです。信忠様が亡くなった後の生きる術ってあるのですか。信忠様が夢に現れました。信忠様は凛々しく優しさを込めた眼差しで見つめてくださいました。松は思わず手を差し出し信忠様連れて行ってと叫んで目が醒めました。信忠様どうして自刃なんかなさったんですか。どうして逃げ延びてくださらなかったんですか。どんな姿になっても生きていてほしかった。いつか必ず一緒になろうと言ってくださったではありませんか』松姫は独り部屋の片隅で声を上げて泣き叫んだに違いありません」

一気に喋る茅根の声は熱を帯びていた。

茅根は松姫の気持ちを語り終えたつもりだったが、まだ足りない気持ちがしていた。死者の無言ほど生者を苦しませるものはない。しかし松姫はどこかで現実を直視したのではないだろうか。

茅根は別の言い方も付け足した。

「松姫は甲斐国の領主、武田家も滅びる運命に至ったことに世の変転を感じていました。ここまでの逃避行は決死の覚悟でした。そこへ信忠の死の知らせでした。自分にはどうすることもできない状況に打ちひしがれていました。生きることに対する無常の身を深く心にきざみ、耐えていました。しかし松姫は、自分の悲しみを人に悟られるのが嫌いでした。『信忠様、松はもういっぱい泣きました。信忠様のことは一生忘れることはありません。松は自分のことよりやらなければならないことが山ほどあります。託された武田家の子供たちを守らなければなりません。松は自分が信じる道を行きます。信忠様ありがとうございました。これからも松を見守ってください』それからは滞在していた金照庵で信忠の冥福を一心に祈ることにしました。そして自分は皆と八王子で生きていくと心に誓ったのです」

その後、松姫は八王子の下恩方《しもおんがた》にある心源院に移った。その時に卜山《ぼくざん》和尚を導師として得度し信松尼と称した。松姫はまだ二十二歳だった。松姫は縁談を断り続けたと言われている。徳川家からの縁談の話も持ち込まれた。松姫にとって縁談と出家は相反する性質を持っていて彼女を長い間悩ませた。松姫の出家は周囲の目から見ても思いもよらないものだった。

しかし松姫は本能寺の変で斃れた信忠を供養したかった。それと同時に武田一族の供養もしたいと思い続けた。信松尼の信は信玄の信、信忠の信、いずれにも由来があると言われている。

白川は喋り終えた茅根の真剣な眼差しを熟視した。茅根の話が一段落した様子に頷いてから白川は喋り出した。

「茅根さんの松姫に対する深い思いはよくわかりました。菊姫と松姫がやり取りした史料が発見されたらいいですね。『武功夜話』みたいに四百年以上経って見つかるものもありますから、私も心がけておきます。何か目に留まったらすぐにお知らせしますね。茅根さんのお話を聞いて松姫は情熱的なお姫様であったように感じます。自分を奮い立たせて困難に立ち向かう姿が目に浮かびます」

『武功夜話』は昭和三十四年（一九五九）の伊勢湾台風で旧家の土蔵が崩れ、その中から発見された古文書で、作家・遠藤周作が日本経済新聞に連載した小説『男の一生』はこの古文書に記された史実を題材にしたと言われていた。

白川は茅根の興奮気味に話した松姫の嘆きを聞き終えて胸に込み上げてくるものがあった。織田信忠との希望を絶たれ崇高な生涯を貫いた松姫が、自分の現在の心境とどこか似ているように思え、松姫に自分の姿を重ねていた。

茅根は最後に白川が訊きたいと言っていた松姫の甲斐国からの逃避行における伝承について触れた。

「松姫の逃避行から始まって八王子に住み着き尼公様になったので、私の郷土、八王子では尼公伝説っていわれています。松姫たちが甲斐国を追われ脱出した道筋は史実として定まったものではなく、いくつかの伝承となっています」

甲斐国と武蔵国の境には丹沢、大菩薩嶺《だいぼさつれい》、奥多摩、秩父の山が北から南に連なり、両国を隔てている。一般には大菩薩嶺を迂回し、現在の陣馬山《じんばさん》の尾根の先にある和田峠を越えて案下道《あんげどう》に入ったといわれている。

松姫一行は冬場の荒涼とした山中を一路、北条領の八王子を目指して逃げ延びた。途中、落ち武者狩りや野盗が潜み、御料人衆（婚約した当時からの警護の家臣）による撃退など緊迫した場面もあったが、月明かりの夜道に村里の灯を見て一夜の宿を求めた。山間の集落の村民たちは松姫一行に手を差し伸べてくれ、郡内の寺院の住職たちは甲斐国の末寺ということもあって松姫一行の宿泊や逗留を勧めて匿ってくれた。

「託された幼い姫君たちを代わる代わる松姫や侍女たちが背負いました。まさに恐怖と危険に晒された命がけの逃避行でした。一カ月以上かかり、武蔵国の入り口にある金照庵という古寺に三月末に辿り着きました。その秋に八王子下恩方の心源院に落ち着き、八年間滞在しました。尼公伝説は、松姫たち一行に立ちはだかる苦難に救援を惜しまなかった集落の村人たちが語り継いで生まれました」

白川は話を聞き終わり納得していた。

「松姫の困難が想像できました。山中を一カ月以上ですものね。貨幣は当然持ち合わせていたと思いますが、空腹を凌ぐには村人の助けがなければできなかったと思います。善良な村人たちがおられなかったらどうなったことでしょう。『倉のママが松姫の逃避行のお話に感動したと仰っていましたが私も同感です」

茅根は最後に松姫が八王子の人々から慕われ、尼公伝説として語り継がれたわけを語った。

武田信玄のお姫様であること、織田信忠との悲劇的な別れ、その時の松姫の心境に同情すること、そして一族の滅亡の中で託された幼い子供たちの養育に心血を注いだこと、松姫が信松尼となり清純な生き方を貫き通したこと、機織物の技術を惜しみなく村や町の子女たちに普及させたことに心を寄せたからであると。

そしてついでに付け加えた。

「松姫の始めた機織りが一円に広がり、八王子は織物の産地に育ったのです。幕末から明治にかけて海外との貿易で生糸が輸出され、八王子から横浜まで生糸を運んだルートは今では絹の道と呼ばれています。戦後の八王子で子供時代を送った私の近所でも、まだ機織りの音がしていました。農地では蚕が食べる桑を育てる桑畑がいくつもありました」

陽差しも傾き山肌が大きな影を作り始めたので、二人は大沢池を後にすることにした。それから、折角の京都でのデートだからと、祇園で食事をすることにした。

タクシーを八坂神社前で止めてもらい、参詣してから祇園界隈に出た。弁柄色《べんがらいろ》の壁の一力亭《いちりきてい》を四条通りの向かいに見て、狭い石畳の切り通しから白川に架かる巽橋《たつみばし》を渡り、祇園新橋を歩いた。犬矢来《いぬやらい》、簾《すだれ》のある町家が連なり、店先の表に水打ちがしてあるところもあった。二人の後ろに何か変化を感じて振り返ると、道の脇に人垣ができており、突然現れた舞妓を遠巻きに見ていた。やがて舞妓は二人の前を通り過ぎたが、だらりの帯の気品のある絵柄が鮮やかに目に飛び込んできた。

「舞妓さんの花かんざし、可愛らしいですね」

「おこぼ、の音もね。これが花街情緒ですか」

縄手通りを抜けて南座を目の前に見て四条大橋を渡った。鴨川辺《かもがわべり》の土手には若い恋人たちが居並んで座っていた。納涼の床さじきが河原に連なり、灯が幻想的に浮かんでいた。

先斗町《ぽんとちょう》の通りに入った。狭い石畳道の両側に多くの飲食街がずらりと並び、小さな看板を掲げた店、ネオン文字の店、暖簾《のれん》を下げた老舗らしき店が軒を連ねていた。通りから脇へ延びる狭い路地もあった。学生風の者やスーツを着た紳士、入り口に立てかけたお品書きのスタンドに見入る外国人旅行客の男女などが行き交っていた。

二人は京懐石の料理屋に入った。通された部屋の窓からは鴨川が見えた。東山が夕闇に溶け込もうとしていた。

先付《さきづけ》が配膳された。

ビールで乾杯の後、白川がぽつりと言った。

「いつか私、松姫の八王子にも行ってみたいわ。そして甲斐国にも」

「甲斐国ですか」白川が山梨県とは言わず、甲斐国と言い出したのに、二人は顔を見合わせて笑った。

「いつかはわかりませんが、いずれ帰京できるでしょうから、そうしたら僕が案内しますよ。ぜひ声をかけてください」

和装のウェイトレスが冷酒を運んできた。かき氷が入った冷酒器からガラス製の徳利を取り出し、二人の透明なぐいのみに注いだ。

茅根はあることを思い出した。白川にガイドしてもらった史跡をワープロに打って感想文とともに記録していたのだ。余白にその後、自分で読んだ歴史書からの転載分なども打ち込んだりしていた。

例えば本能寺の変について、こんなことが記してあった。明智光秀の謀反で信長と信忠が非業の死を遂げ、信忠の兄弟である信雄や信孝、信長の妹のお市は悲しんだことだろう。しかし一番悲しんだのは松姫であると書いていた。

「僕はね、白川さんによって歴史の見方をいろいろ学ばせてもらいました。そのことを『史跡探訪ノート』にしてワープロに打ち込んでいるんです。しかしそれより何より白川さんに出会えたことが一番の幸運でした」茅根はしみじみと言葉を継いだ。

白川は頬を桃色に染めていた。

お椀は鱧《はも》の葛打ちだった。

「おいしいですね」白川が言った。

　茅根も頷いた。

「関ヶ原古戦場は『史跡探訪集いの会』のみんなと白川さんに二回にわたって案内していただきましたけれど、先月また一人で行ってきました。関ヶ原は当時の合戦を連想させる雰囲気があって僕は好きです。歩きながら武将たちの緊迫感や哀歓を思い浮かべたりします。その時は長浜城主だった羽柴秀吉が、のちに石田三成となる寺小姓の佐吉少年と出会い、三献の茶として名高い観音寺まで足を延ばしましたよ」

　関ヶ原については、テレビ・映画・歴史小説で皆それなりの知識を持っていても、実際の見聞は初めての方が多いのに驚いたとも茅根は懐かしそうに言った。

「一回目は石田三成の陣所跡、笹尾山。そして毛利軍が駐屯したとされる南宮大社《なんぐうたいしゃ》。家康の陣所跡、桃配山《ももくばりやま》。開戦地跡や決戦地跡を歩き回りました。二回目は小早川秀秋の陣所跡、松尾山に登りました。山頂から樹間を通して関ヶ原の盆地が遠望でき、東西両軍が布陣した古戦場の戦域を彷彿とさせてくれました。その後、大谷吉嗣《よしつぐ》の陣所跡や墓所まで下り、歴史博物館では白川さんと親しい学芸員の方が一緒に回ってくださり説明してくれました」

「あの時は楽しかったですね」白川が言った。

茅根は二杯目の冷酒を手酌しようとした。

「すみません。気が付かなくて」白川は慌ててガラスの徳利を取り、茅根のぐいのみに注いだ。白川が戻した徳利を茅根が取り白川に勧めたが「私はもうお茶で」ということで辞退した。

その後、お造り、焼物、炊き合わせと続き、ご飯は鯛茶漬け、デザートはメロンと抹茶だった。

「おいしかったですね」白川はほろ酔い気分なのか、幾分、頬を赤く染めていた。

茅根は新幹線で名古屋に戻り、白川は名鉄に乗り換え四日市に帰っていった。別れ際、白川は「今日は楽しい一日でした。私の身の上話をお聞かせしてすみません。私、松姫様を尊敬しています」と言って、茅根をじっと見つめた。茅根は「僕も楽しかった……」とまで言って後は言葉が出てこなかった。白川は茅根の表情を見て微笑し、くるりと背中を向け振り切るように改札口を通り抜けていった。一度だけ振り返り手を振った。

第六章　惜別

金木犀の甘い芳香が住宅街のそこここから漂ってくるような季節になった。

ある日、帰宅すると妻の知加子からの着信が数件入っていた。茅根は何かと思い電話をかけた。

「急なことだけど、明日そちらに行こうと思って。夏休みに絵里があなたの所に行ってからお父さんの所に行ってあげて、なんて何度も催促するのよ。自分は一人で留守番できるから大丈夫って。あなたを見て可哀そうになったみたいよ。絵里が、お父さん仕事が忙しくて生活のことまでなかなか手が回らないみたいよと言うのよ。まとめて休暇が取れそうなので衣類の整理などしてあげようかと思って」

知加子は病院の事務員をしているが、振替休日の月曜日と有給休暇を一日使い、金曜日に早退をして午後来るということだった。

茅根は気持ちを弾ませ到着時間の六時に改札口で待っていた。

「ご苦労さん」ボストンバックを受け取りながら声をかけた。

知加子は「お久しぶり」と笑みを返した。

最初の晩は栄のホテルに泊まることをあらかじめ決めてあった。チェックインして、部屋に入るなり茅根から知加子を抱きしめた。ひととき休んだ後、部屋を出た。

夕暮れの繁華街はネオンが瞬き始めていた。地下鉄に向かう階段口は帰宅する乗客、盛り場に向かう人垣で混み合っていた。茅根夫妻は予約した錦通りの鶏料理店まで歩いた。広小路通りは信号待ちする車で渋滞していた。

水炊きを味わった。酒も入り会話も弾んだ。

「あなた、お仕事はどうなの。ちゃんと食べていますか」知加子が訊いた。

「仕事はまあまあかな。お酒を飲む機会が多いな。単身赴任者同士で声をかけ合って行くこともあるよ。単身赴任はどうしても仕事オンリーになるね」茅根はそう言ってから続けた。

「それに単身赴任は、やはり侘しいね。家族のことや夫婦のことを前より考えるようになったよ」茅根は本音が出た。

「そう。絵里も、お父さんはどこか寂しそうだった、なんて言っていたのよ。あまり無理しないでね」

「そうか。絵里がそんなこと言っていたか」

茅根は絵里の話が出て、思い出したことを言った。

「絵里が帰京した時、新幹線に乗り込む前に『お父さん、身体に気を付けて』なんていう言葉を僕にかけた。僕は照れ臭かったよ」

「それは普通のことですよ。でも絵里はあなたが転勤してから、人が変わったようになりました。少ししっかりしてきました」知加子は平然と答えた。

「私、お勤めしてから十年目になるわ」

知加子は自分の職場のことを話し出した。

「もう、そんなになるかな。節目だな。お祝いしなくては」

「お祝いなんて」

知加子はそう言いながら、まんざらでもないようだった。

「今度帰った時にでも家族三人で外食しましょう。その時、上野の美術館で開かれている『太平洋展』で、出品している私の染物もご覧になってください」

「そうか。わかった」

〆《しめ》は雑炊だった。

「さすが本場でしたね」妻は名古屋コーチンの鶏料理に舌鼓を打ち満足した様子だった。

知加子は染織の趣味を持ち十年以上続けていた。染織技術は糊纈《こけち》と言われていた。染ものを始めると知加子は自分の部屋に閉じ籠り集中していた。作図やデザインを決め、刷毛や「わらぼうき」を使って糊防染、糊置きをする。その工程は細かな作業だった。染料で色差しをし、さらに伏せ糊や打糊を重ねる。最後に蒸気による熱処理と水洗いをする。表装するまで一年くらいかけていた。

知加子とは職場結婚だった。茅根が入社した後、同じ部内に知加子が配属されてきた。茅根は独身時代、経堂の寮に入っていた。世田谷のボロ市をぶらぶらしていたら知加子が父親と歩いているのに出会った。それが交際のきっかけだった。彼女の住まいは招き猫で有名な井伊直弼の墓所がある豪徳寺の近くにあった。

翌日は夕食の買い物がてら歴史博物館に立ち寄り常設展を見学した。白川は代休だった。茅根のマンションに帰り、知加子の作った手料理を味わった。

三日目は名鉄で香嵐渓《こうらんけい》に日帰りの旅をした。マイカーの家族連れが目立っていた。飯盛山《いいもりやま》は紅葉に染まっており、巴川《ともえがわ》の川面に影を映し美しかった。香積寺《こうじやくじ》の参道は錦秋《きんしゅう》だった。お昼は仲見世で味噌煮込みうどんを啜った。土鍋に八丁味噌仕立ての汁を作りコシの強いうどんを煮込んだもので、土鍋の蓋に鍋からうどんを取り出し、さましながら食べる。

最終日は東区の徳川美術館に行った。知加子が帰京する日が翌日に迫った。帰宅してから知加子は絵里に電話して、変わりないか尋ね、明日予定通り帰る旨を伝えていた。

翌朝、茅根は出社した。知加子は午後帰京するということだった。前日買った「伊勢名物・赤福」を絵里に渡してくれるよう頼んだ。知加子は「また来ますから」と言い、互いに名残を惜しみ握手をして別れた。

白川とは京都でデートしてからも、特別に意識した交際はなかった。「倉」に待ち合わせて行くことは以前からたまにあった。白川は思っていたより人懐っこく、話していて楽しい女性だった。茅根は雰囲気が妻・知加子に似ているとも思っていた。しかし、それ以上の仲には発展しなかった。それは仕事を第一に考えていたからではなかったか。茅根は会社のために働いているとは思っていなかった。自分の人生と家族のためだと自覚していた。しかし会社は個人を成長させてくれた。この恩恵は計り知れない。会社という組織は、厳しい環境の中で切磋琢磨しチャレンジ精神を発揮することが人生にとって大事であることを教えてくれた。

夏の頃「倉」でママが「プロ野球のナイター観戦に三人で行かない？」などと言って、急に話がまとまり見に行ったことがあった。白川は娘の真由美を連れてきて結局四人となった。真由美とは初対面だったが、白川と顔がそっくりだった。茅根の娘と一つ違いだということも知った。あの時ほど楽しい時間を過ごしたことはなかった。中日ドラゴンズが勝ったこともあり、試合後に四人で打ち上げをした。帰りの電車がなくなった白川に合わせ、ホテル探しをして全員で泊まった。

名古屋は大都会だが、街中を歩いていて知人とばったりと会うことがある。東京では考えられないことだ。白川とは以前デパートで会ったことがあったが、「倉」のママともそんなことが何度かあった。その時互いに忙しくなければコーヒーなど飲んだ。白川と「倉」のママは茅根にとって、女友達になっていた。


年が改まり、桜の開花するシーズンを迎えた。名古屋に転勤して早五年が過ぎたことになる。そろそろ異動かなと予想していると、その通りになり、東京勤務を命じられた。

まっさきに知加子に知らせた。知加子の声は晴れやかだった。

白川にも知らせた方がよいと思った。五年間いろいろな「史跡探訪集いの会」

で案内してもらい世話になったし、特別な思いがあった。歴史博物館に電話を入れ、人事異動になったことを伝えた。

白川は驚いたようだが、なじんだ土地に戻れることを祝福してくれた。

「最後に、夕食を一緒にしませんか」茅根から申し込んだ。

即座には返事がなかった。

「長いお付き合いですものね」白川は絞り出すように声を出した。


ある時、「史跡探訪集いの会」のメンバーの何人かが「倉」で送別パーティを開いてくれた。茅根が店に入ると、ママが「今晩は貸し切りです」と言って、言葉をつまらせた。

まず水野町会長がビールで乾杯の音頭を取り、茅根に「倉」で出逢い、名古屋に来たからには史跡巡りをするよう勧めたと懐かしがってくれた。また茅根が武田松姫と織田信忠との悲恋を時間の経つのも忘れて喋りまくった思い出をしみじみ話してくれた。

テーブルにはサンドイッチやオードブルの盛り合わせがあった。駄菓子もあったし、マンゴーをダイヤモンドカットした大皿もあった。途中でお寿司屋さんが出前を持ってきてくれて、これは水野さんの差し入れですとママが言った。茅根は本当に素敵な人たちに恵まれたと感じた。

史跡探訪をした時の白川やアシスタントの井上さんのことも話題になり、皆誉め称えた。そうこうするうちに伊藤さんがカラオケを始めた。伊藤さんは茅根が勤務する会社の保険代理店をしていた。菅原洋一の「今日でお別れ」だった。茅根はママとチークダンスをしたが、曲が二番に入るとママは「律子さん」と声をかけて白川と代わった。白川は茅根の胸に顔を埋めていた。

思い返せば、史跡探訪の後名古屋駅に着いて、メンバーと軽く飲み会をして帰路についたこともあった。茅根の胸に、地元の仲間たちと別れる切なさが募った。

木村さんが加藤登紀子の「知床旅情」を歌った。歌詞の三番になると皆で合唱した。木村さんは茅根が業務で訪問する銀行において保険担当をしている女性で、史跡探訪の時に偶然出会った。大野さんは歴女と言われていた。白川の勉強会にもよく通っていた。彼女は茅根の娘・絵里が名古屋に遊びに来た時、博物館明治村に案内することを勧めてくれた人だった。

パーティの最後に茅根が挨拶した。まず、ママに貸し切りにしてくれたことのお礼を述べ、仕事帰りにここに何度も立ち寄り、さっぱりして情の厚いママに接しストレス解消ができたことへの感謝を述べた。最後に「史跡探訪集いの会」に入ってメンバーと共にした日々は生涯忘れない出会いだったと締めくくった。

盛大な拍手の中、水野町会長が近づいてきて「君と歴史談義ができなくなるのは寂しいね。名古屋に来たら声をかけてください。ねえ、ママ」としみじみと語った。

ママは頷きながら茅根を見つめていたが、目元がうるんでいるように見えた。町会長は茅根の手を固く握りしめてくれた。

六時から始まった送別会は九時を回っていた。茅根は四日市に住む白川の最終電車を心配した。しかし白川はアシスタントの井上さんのところに今夜は泊まると言い、今週の土曜日にまたお会いしましょうと囁いた。

最後に茅根が、出席者一人一人と握手をして散会となった。ママは外に出て茅根が見えなくなるまでじっと見送っていた。


茅根は白川との土曜日の送別会をどこですればよいか迷ったが、思い出の地として名古屋城の見えるホテルにしようと決めた。ホテルの喫茶室で待ち合わせ、お茶を飲んだが、夕食までまだ時間があった。

そこで名城公園《めいじょうこうえん》あたりを散策しようと誘った。その日白川は珍しくパンツスタイルではなく、黄色のパステルカラーのワンピースを着ていた。史跡探訪の時からは想像できないエレガントな女性に見えた。

城郭の御深井《おふけ》堀端に清州櫓を見て屏風折れの高石垣が続いた。堀の水面では鯉が跳ね、白鳥が二羽前後して滑るように遠ざかるのが見えた。

二人は並んで歩いた。藤の回廊のベンチで一休みした。

「茅根さん、お引っ越しはいつですか」

「まだ日取りが決まってないんです。三月は引っ越しシーズンで運送屋さんはいっぱいなんですって」

「お引っ越しは奥様がお手伝いに来るんでしょ。私もお手伝いに行ってあげたかったけれど、やめときます。東京にはいつ赴任されるんですか」

「多分、四月の第一週になるんじゃないかな」

「日時が決まったら教えてください。私、お見送りに行きます。いいですよね」

白川は終始寂しそうに見えたが、会話の内容によっては微笑していた。

そうこうするうちに夕食の時間になり、ホテルに戻りフレンチレストランに入った。

着席後、オーダーの前に食前酒の希望をウェイトレスに訊かれたのでお願いした。マカロンが添えられていた。

コース料理を頼んだ後、カトラリーがセッティングされ、グラスにシャンパンが注がれた。

乾杯し、茅根は五年間お世話になったことのお礼を述べた。

白川は、バッグからハンカチを取り出して目頭に当てた。

「ごめんなさい」白川は茅根を見上げ笑みを見せた。

ふと窓側に目を向けると、雨脚が窓ガラスを伝わり流れ落ちていた。

「雨が降り出してきました」茅根が言った。

「そうですね」

テーブル席から栄方面の明るい光景が眺められた。名古屋テレビ塔が雨夜の中に霞んでいた。

オードブルが運ばれ、次にスープとパンが出された。ポタージュを飲み終わった後で白川が訊いた。

「茅根さんは史跡探訪で一番の思い出はどちらでしたか」

「全部に思い出があります。あえて挙げれば一番初めに案内していただいた長篠・設楽原でしょうか。僕は武田家に関心があっただけに印象深く残っています」

茅根は白川を見つめ、はにかみながら続けた。

「それに、白川さんと初めての史跡探訪でしたから気持ちも高ぶったのをよく覚えていますよ」

白川は胸の内で自分も同じ気持ちだったのを思い出していた。

魚料理は太刀魚とホタテ貝のムースだった。後にシャーベットが出た。

茅根は知加子と旅した話をはばからず話した。

「昨年の秋、僕は妻と一緒に竹生島に行ってきたんですよ。長浜港から観光船に乗って。宝厳寺《ほうごんじ》、舟廊下、竹生島神社を見て回りました」

白川は頬を緩め優しさを込めた眼差しで聞いてくれた。茅根は続けた。

「琵琶湖は旅情を誘いますね。竹生島を離れた観光船が突き進む舳先で切った白波が尾を引いていく。竹生島には晩秋の陽光が降り注いでいる。柿本人麻呂の万葉歌を思い出しましたよ」

「淡海《あふみ》の海

夕波千鳥

汝《な》が鳴けば

情《こころ》もしのに

古思《いにしへ》ほゆ」

白川が口ずさんでくれた。互いに顔を見合わせて微笑した。

肉料理は鶏肉にディアブルソースが効きピリッとした味わいだった。副菜が添えてあった。

デザートはモンブランタルトだった。

コーヒーを飲み終えると白川が言った。

「おいしかったですね。そういえば、今日は私、家に帰りません。母と娘に伝えてきました」

茅根は意味がよくわからなかった。

「そしたら、どこかにお泊まりですか」

「まだ予約していないんです」

茅根は慌ててレジを済ませ、フロントに駆け込んだ。

フロントスタッフがシングルの部屋はあいにく塞がっているとのことだった。

仕方なく空いている部屋を予約した。

「何とかチェックインできました」

「すみません」白川は安堵している様子だった。

茅根はバーでお喋りしようと誘ったが、その前に予約した部屋に寄ってみた。

白川はドアを開けるなり窓際の明るさに惹かれ小走りした。レースのカーテンを開けるとライトアップされた名古屋城の天守閣が目の前に迫り、金鯱《きんしゃち》が雨に濡れ、薄桜の花びらが風に吹かれて舞っていた。

白川は「きれい」と言ってうっとりしていた。

その後バーのカウンターで肩を並べて座り、カクテルをお代わりした。

二人ともあまり喋らなかった。

小一時間でバーを出た。茅根はどこでお別れの言葉をかけようか逡巡していた。

エレベーターホール前で茅根は言葉を発した。

「律子さん」

振り向いた白川は表情をこわばらせていた。

「今日、お別れ会ができてよかった。ありがとう。これでお暇《いとま》するよ」

すると白川は茅根の袖をつかんだ。

「もう少しいて。お願い」白川は哀願した。

酔っているようには見えなかった。

茅根の手を握り到着したエレベーターに乗り込んだ。エレベーターは上昇し、予約した部屋のフロアでエレベーターを降りるなり、白川はためらうことなく茅根を部屋に招き入れた。

茅根の手を引いて二人がけのソファに腰かけ見つめ合った。

どちらからともなく唇を重ねた。抱擁を解いてから白川は羞じらっていた。

白川はすっと立ち上がると茅根から離れ、ルームライトを消しに立った。ドレープカーテンを閉じ、そこにあるソファの前で茅根に背を向けてワンピースを脱いだ。脱いだ衣服をソファの上に丁寧にたたんだ白川はスリップ姿になった。肢体が透けて見えた。肩紐を外すと、茅根の方を振り向き歩いてきた。

時が経ち、白川が囁いた。

「茅根さん、お帰りになって。奥様からお電話があります」

茅根は一瞬我に返ったが、答えなかった。

しばらくの間、体を横たえて向かい合った。

「小さいの」白川は自分の乳房に手をやりながら言った。

茅根は微笑しただけで手を伸ばして触れた。

しばらくして、白川は「怒らないで」と表情を硬くして言った。本当は、泊まる予定はしていなかったが、娘と母親にはもしかしたら、と伝えてきていたらしい。

茅根は白川に擢り寄り、抱き締めた。「ごめんなさい」と言う白川が、涙で茅根の胸を濡らした。

二人はそうしていつしか、眠りに落ちた。

翌朝、二人は何ごともなかったような素振りで会話していた。

朝食を済ませ外に出ると快晴で陽差しが眩しかった。茅根は未練を残したまま、白川を名鉄の改札口まで見送った。帰宅しながら、茅根は昨夜のことを想い浮かべていた。互いに惜別の切なさに耐えきれなかった。茅根は白川も辛かったんだと思った。

茅根は翌月四日の月曜日に赴任後出社することを決めた。引っ越しまで二、三日あったので、世話になった得意先の挨拶回りをした。社内の送別会もあった。知加子が木曜日に手伝いに来てくれた。金曜日に引っ越し荷物を運送屋に引き渡し、その夜はホテルに宿泊した。新幹線の乗車は土曜日の十時だった。

白川は娘の真由美と母親を連れて見送りに来てくれた。茅根は白川に近寄り「びっくりだよ」と言葉をかけた。白川は微笑していた。初対面の母親に知加子と挨拶した。母親は「娘がお世話になりました」と礼を述べた。妻は白川に「史跡探訪の話を茅根からよく聞きました」と挨拶した。茅根は真由美に東京に遊びにおいでと声をかけた。走り出した新幹線のドア窓から見える白川は朗らかに見えた。三人で手を振っていた。

茅根が東京に戻って三年が経った。

白川は大学生になっていた娘の運転する車で夏休みに上京し、八王子市内のホテルに宿泊した。茅根は知加子と絵里を連れていき夕食をともにした。茅根は知加子と律子、絵里と真由美が隣り合わせになるように座ったらいいんじゃないと言った。自分は蚊帳の外になったが、食事中、女性たちは快活に話し込み、以前から友人であるかのように打ち解けているのを見て喜びに堪えなかった。

翌日、茅根は御所水の里にある松姫（信松院）の墓、極楽寺の督姫（生弌尼）の墓、松姫が逃避行の末に逗留した心源院、旧武田家臣・千人同心の集落跡、千人町を案内した。午後は北条氏照の八王子城跡に同行した。

白川は出発した当日、中央自動車道を途中で下りて高遠城に寄り、石和《いさわ》温泉に一泊していた。翌日、躑躅ヶ崎館跡、恵林寺、甲斐善光寺、武田勝頼の最期の地・田野古戦場と景徳院に立ち寄ったということだった。

明日はテーマパークに行くということなので、この日は市内の史跡巡りを終えて軽食をともにするだけだった。茅根は終始、母と子の溌溂とした姿を目を細めて見守っていた。

白川は車に乗り込む手前で「奥様によろしくお伝えください。また、お会いしたいですね」と呟き、茅根の手を両手で包み別れを惜しんでくれた。真由美は目を輝かせ「絵里ちゃんに名古屋に遊びに来るように伝えてください」と言った。

茅根は「ありがとう」と言って二人を送り出した。

あの日から十数年の時が流れた。茅根の胸の中で白川の思い出が色褪せたことはなかった。会うことは難しくなってはいたが、気にかけていた。手紙やメールにはいつも慎ましさが感じられ、それでいて情感の籠った文面だった。茅根は、白川が自分に心を開き、離れないでいてくれることが嬉しく、気持ちを通わせた女性を忘れるなんてできないと思った。

白川とは淡い交際であるが、失いたくないと思い続けていた。

茅根が白川と京都で再会したその年もいつしか季節は移ろい、春と夏が過ぎた。

そして、その秋、白川の娘の真由美から手紙が届いた。

白川の訃報だった。

母は自分が死去したら茅根様に知らせてと私に言い遺していました、と書き添えてあった。

「そんな……」茅根は言葉を失った。

再会の後に乳がんにかかり闘病したと書かれた手紙のことを思い出した。

「これからは身体に気を付けながら、会いたいと思う人に会って、楽しいこともしたいと考えています」そう言っていたのに。

白川が可哀そうでならなかった。

茅根の目から涙がこぼれ落ちて止まらなくなる。

「律子さん、律子さん」

茅根はむせび泣いていた。

参考文献

金子拓　『長篠合戦―鉄砲戦の虚像と実像』中公新書　二〇二三年

千田嘉博・平山優　『戦国時代を変えた合戦と城―桶狭間合戦から大坂の陣まで』朝日新書　二〇二四年

平山優　『武田氏滅亡』角川選書　二〇一七年

前野博　『松姫 夕映えの記―八王子とともに』揺籃社　二〇二三年

河辺リツ　『信松尼』下田出版　二〇〇四年

博物館明治村　「明治村の楽しみ方」　www.meijimura.com>enjoy

武田信玄関係略系図（平山優「武田氏滅亡」をもとに作成）

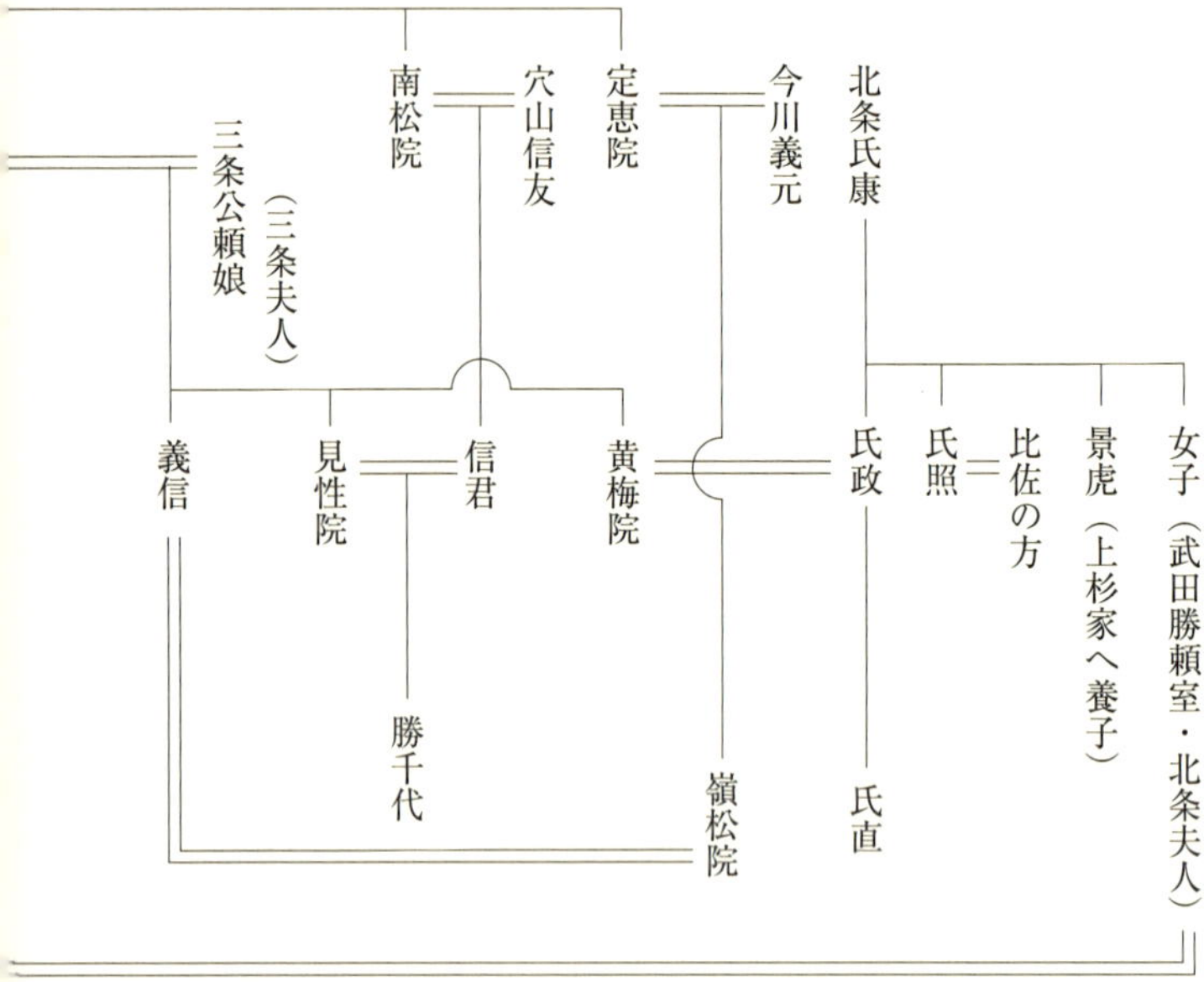

武田信玄関係略系図

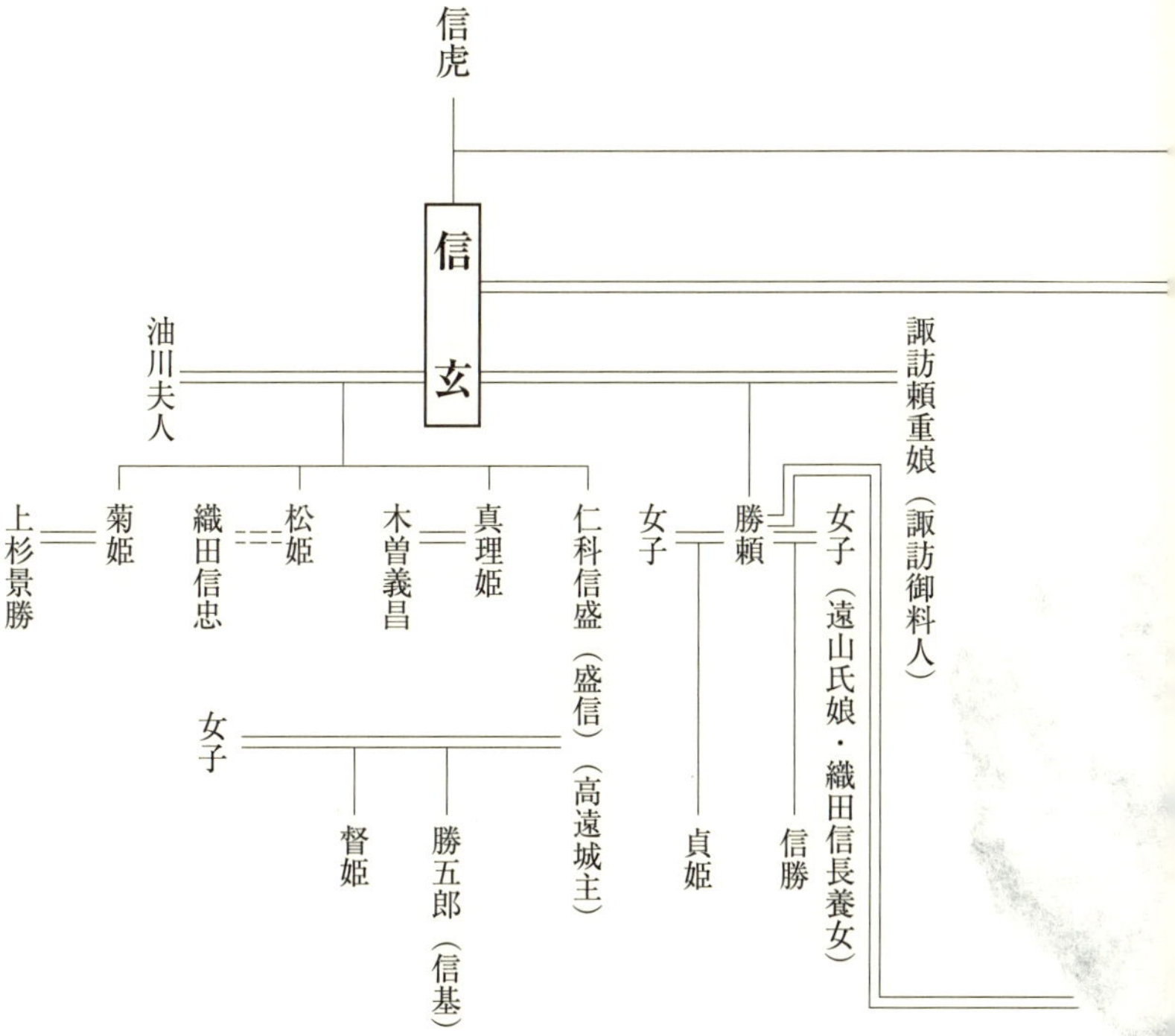
信虎
信玄
油川夫人
諏訪頼重娘（諏訪御料人）
仁科信盛（盛信）（高遠城主）
真理姫
木曽義昌
松姫
織田信忠
菊姫
上杉景勝
女子
勝五郎（信基）
督姫
勝頼
女子
貞姫
女子（遠山氏娘・織田信長養女）
信勝

〈著者紹介〉
浅川 洋（あさかわ よう）
東京都八王子市在住。
現代は「メールやライン」で交歓。それを思うと松姫と
織田信忠の「文」は想像以上にあったのではないか。
歴史とロマン。二人の、人間の「切なさ」。そんなことを
思いつつ綴ってみました。

尾張物語《おわりものがたり》

2025年2月26日　第1刷発行

著　者　　浅川 洋
発行人　　久保田貴幸

発行元　　株式会社 幻冬舎メディアコンサルティング
〒151-0051　東京都渋谷区千駄ヶ谷4-9-7
電話　03-5411-6440（編集）

発売元　　株式会社 幻冬舎
〒151-0051　東京都渋谷区千駄ヶ谷4-9-7
電話　03-5411-6222（営業）

印刷・製本　中央精版印刷株式会社
装　丁　　野口 萌

検印廃止

ISBN 978-4-344-69216-9 C0093
幻冬舎メディアコンサルティングＨＰ
https://www.gentosha-mc.com/